AF576223

Tout ira bien

Agathe Lallemand

Tout ira bien

Roman

ISBN : 979-10-422-2183-6

Note à mes futurs lecteurs

Lorsque j'ai débuté l'écriture de cet ouvrage en novembre 2022, après un an et demi d'enchaînement de tristes nouvelles et d'événements douloureux, il m'a en effet semblé presque naturel pour ma résilience personnelle de poser de vrais mots sur mes maux. Je fus en effet soudainement envahie par ce besoin irrépressible de vider mon sac. C'est alors qu'en remplissant ces salvatrices pages, m'est venue une idée folle : et si je transformais ce journal intime numérique en véritable livre de développement personnel ?

De nature optimiste, voire idéaliste, il fallait à tout prix que ce récit apporte quelque chose de fructueux et de positif aux lecteurs. Quelques notes de psychologie positive, de programmation neurolinguistique et de développement personnel, outils que j'utilise dans mon métier quotidien en tant que thérapeute certes, mais également de simples et jolies leçons de vie qui peuvent parler à chacune et chacun d'entre nous.

Chapitre I
Le changement, c'est maintenant

Vivre, c'est changer.

Paulo Coelho

Dimanche, 14 h 25

Hier soir j'étais de sortie. Rien de bien extravagant, plutôt de classiques mondanités.

En cette veille de jour pour moi sacré, mon programme était initialement tout autre : canapé, couverture, dernière saison de The Crown, sushis et thé.

Mais Maloé en a décidé autrement.

Maloé, c'est cette copine qui devient une amie, puis une amie qui devient une sœur au fil des années. Celle pour qui vous donneriez votre vie, celle qui se démènerait pour vous jour et nuit. À l'origine, rien ne nous destinait à nous rencontrer. Quand elle est la douceur et la pureté, je suis la fantaisie et la folie. Quand elle est le froid rafraîchissant et revigorant, je suis la chaleur brûlante et vivifiante.

Elle est la lune, je suis le soleil. Elle est mon yin, et je suis son yang.

C'est lors d'un cours pratique d'anatomie que nous nous sommes rencontrées. Toutes deux très motivées à devenir cardiologue et chirurgienne, aider son prochain, sauver des vies et tutti quanti. La vie en a finalement décidé autrement, mais ça, je vous le raconte un peu après.

En revanche, nous concernant elle et moi, la vie a surtout décidé de nous unir, et très probablement à jamais.

Où en étais-je déjà ? Ah oui, mes sushis et la belle Diana en grande Lady.

— On sort ce soir ? Il y a une petite soirée à thème dans le bar cubain que l'on adore Cours-Julien.

Et voilà comment je me suis retrouvée à ranger mes chaussettes pilou pilou aux couleurs flashy pour enfiler mon plus beau jean et un manteau me donnant un look BCBG.

J'aimais beaucoup plus sortir avant. Les jeudis soir se tenait d'ailleurs le célèbre rituel des nuits étudiantes. Je dois admettre que c'était assez chouette cette période-là. Les bouteilles de rosé à l'apéro avec les copines, les cigarettes que l'on s'allumait d'affilée, les sessions drague, accoudés au bar, les pseudo-chorégraphies sur la piste de danse, le petit eye contact avec le beau gosse de la promo, les points ragots aux toilettes, le mascara qui finissait à la place de l'anticernes, tout ça pour se retrouver à sept heures du matin au MacDo.

C'est drôle, cette vie-là ne me manque pas du tout, mais j'en suis tout de même très nostalgique.

Comment pouvons-nous ressentir une certaine mélancolie, sans non plus un réel manque flagrant ? J'ai une théorie à ce sujet. Personnellement, je pense que dans ce genre de situation, ce qui nous manque réellement ce sont les ressentis et les émotions vécues pendant cedit moment, et non ce qui définissait, précisément, le moment.

C'est un peu comme les souvenirs, dixit Victor Hugo, « ceux-ci sont nos forces. Quand la nuit essaie de revenir, il faut allumer les grandes dates, comme on allume des flambeaux. »

La majorité d'entre nous attend la période des fêtes de fin d'année avec impatience, alors que l'on a encore tous en tête ce repas où tonton a fait des siennes, où mamie était triste et où le foie gras était indigeste, agrémenté d'un champagne pas assez frais et dépourvu de la moindre bulle.

Ou encore notre date d'anniversaire, alors que chaque année c'est toujours un peu la même chose finalement, on rajoute au compteur seulement un an.

Enfin, Noël ou pas, anniversaire ou pas, il n'empêche qu'hier soir, bien que l'ambiance eut été différente, j'ai tout de même dû me sociabiliser. Quelques empanadas et mojitos, et nous voilà parées.

Je n'ai pas spécialement remarqué le fameux thème en particulier, j'ai surtout été aveuglée par toutes ces belles brunes charismatiques aux traits typés et ces hommes aux cheveux noirs et à la peau bronzée. On respirait l'Amérique du Sud sur plusieurs mètres carrés.

L'avantage en étant rousse aux yeux verts avec une peau claire parsemée de tâches de rousseurs, c'est que l'on me remarque très rapidement dans ce genre d'endroit. En plus, je ne suis pas du genre à porter quelconques talons ou escarpins, mes Dock Martens que papa m'a ramenés de Dublin me convenant très bien. C'est peut-être ce qui a poussé José, le patron de l'Havana Café, à hurler mon nom dans tout l'habitacle en plein milieu de la soirée.

— J'ai des potes à vous présenter, où est passée Maloé ?

— Elle est dehors en train de vapoter, c'est qui ces fameux potes ?

— Ils viennent d'arriver de Camagüey, mais ont étudié le français là-bas, j'essaie de leur présenter du monde, ils pensent rester à Marseille un petit moment.

Felicia, Nerea, Miguel, Alejandro et Juan étaient assez sympas, bien qu'un peu trop extravagants, même pour moi.

Les gens qui savent pleinement vivre, j'adore ça. En revanche, ceux qui pompent toute l'énergie environnante malgré eux, non merci.

Née sous le signe de la sage Vierge, je suis d'un tempérament poliment réservé. En d'autres termes, on me décrit souvent comme une femme pétillante et enjouée, mais je tiens énormément à ma pudeur et à mon jardin secret.

— Et toi ? Qu'est-ce que tu fais dans la vie ?

Et me voilà à devoir raconter mon épopée, que j'ai mis longtemps à digérer.

***

Comme je vous le disais plus haut, j'ai toujours rêvé d'être médecin.

Petite, je recouvrais toutes mes poupées avec des pansements, et c'est mon doudou, monsieur Lapinou, qui reçut la grande chance d'être mon premier patient. À chaque carnaval ou soirée déguisée, je dégainais ma plus belle blouse blanche et mon plus beau stéthoscope argenté. Mais comme je vous l'ai auparavant spoilé, mon parcours de vie en a décidé autrement.

Mes premières années de fac ont été très rudes, je vacillais entre crises d'angoisse, insomnies, eczéma et tout simplement un gros manque d'envie.

Le monde des études n'est pas toujours celui que l'on croit. Nous sommes rapidement comparés, classés, catégorisés. Tout ce que je hais. Et parallèlement à cela, on nous rabâche sans cesse que les hôpitaux se vident.

Mais en nous mettant constamment la pression, les bancs de l'université finissaient indéniablement par se vider aussi.

Un soir, alors que j'avais examen le lendemain, je me suis même retrouvée à deux doigts d'abandonner. Violentée par ma trente-sixième crise de spasmophilie depuis la rentrée, je me demandais si cela en valait vraiment la peine. À quoi bon continuer d'insister ?

Parfois, c'est en visant un peu trop loin que l'on en vient à s'écraser en chemin.

Mais à l'époque, j'étais également terrorisée par une peur difficile à surmonter : celle de décevoir les gens que j'aimais. Mamie était tellement fière de raconter à ses amies tous les samedis matin sur le marché d'Aix-en-Provence que sa petite fille était en passe de devenir une chirurgienne renommée.

C'est drôle comme nous avons nous-mêmes cette facilité à nous cloisonner dans des projets infaisables dans la réalité.

Mais il me fallait essayer, continuer, ne rien lâcher. Si tout le monde abandonnait à la première difficulté, où en serions-nous aujourd'hui ?

Il m'a fallu du temps pour finalement comprendre et assimiler le fait que certaines courses sont perdues d'avance, non pas parce que nos chaussures sont usées ou nos dossards mal accrochés, mais bien parce que nous ne courons absolument pas dans la bonne direction.

D'ailleurs, lorsque nous allons dans le bon sens, nous n'avons nul besoin de nous empresser. Le parcours est bien trop beau, motivant et satisfaisant. Mais à dix-huit ans, fraîchement diplômée de mon bac S, mention bien, c'était encore trop tôt pour moi de convenablement me projeter.

Vous ne trouvez pas qu'à la fin du lycée nous sommes bien trop jeunes pour correctement nous orienter ? Quand j'y repense, à cet âge-là j'étais encore un gros bébé, lovée dans le confort de la vie, bien entourée, soutenue et aidée.

Ce n'est qu'un peu après qu'on devient vraiment grand et que l'on découvre les mauvaises surprises comme les décès, les problèmes financiers, les déceptions ou encore les soucis de santé.

À dix-huit ans, notre jauge de découverte n'est pas encore pleine, pourquoi faut-il donc impérativement, aussi rapidement, stopper sa progression en choisissant déjà notre futur métier ?

J'étais pourtant sûre de moi, j'ai réalisé des stages dans divers cabinets pour bien me situer : dentiste, dermatologue, mais aussi dans certains services spécialisés comme en rhumatologie et en psychiatrie. Bien que ce n'était que de l'observation comme il l'est inscrit sur nos conventions, j'avais l'air d'aimer profondément cela. Ou peut-être que j'aimais surtout l'idée que je m'en faisais ?

C'est assez traumatisant et destructeur d'être persuadé au plus profond de nous que nous sommes faits pour quelque chose en particulier, mais qu'à côté de cette persuasion personnelle, rien ne convient.

Se remettre en question est un excellent travail introspectif, mais sa limite intervient lorsque cette introspection nous amène à douter de nous, de nos compétences, de notre savoir et de nos capacités.

Certains diront que c'est lâche de se détourner de ses premières aspirations dès que se présentent des obstacles. Je fais partie de celles et ceux qui clament que si les obstacles sont trop gros, trop préoccupants, voire trop dangereux, alors il faut justement revoir ses premières intentions.

C'est donc en partant de ce postulat que je me suis officiellement réorientée.

J'ai posé par écrit ce que j'aimais faire, mes compétences, mes expériences. Pendant ces travaux-ci, j'ai découvert ce fabuleux outil nommé l'Ikigaï, mot japonais que l'on peut traduire par « raison d'être », ce concept assez ancien nous venant tout droit du pays des cerisiers signifie à la fois ce qui nous pousse à nous lever le matin, ce qui nous dynamise et nous motive, mais c'est également une manière d'aborder les choses au quotidien et de profiter de l'instant présent, quelles que soient les activités qui nous motivent.

Le résultat de cet exercice fut alors flagrant, j'aimais l'humain avec un grand H., être là pour autrui, soutenir, accompagner, aider… Aide-soignante, c'était une déduction logique, non ?

Il me tenait à cœur de me lever le matin en sachant que je ferai quelque chose de bien. Et à chaque fois que je me rends aux domiciles de parfaits inconnus pour réaliser mes missions d'aide à la personne, c'est la vie que je rencontre.

Des êtres humains avec leurs histoires, leurs caractères et leurs habitudes, des lieux de vie chargés de souvenirs et d'énergies diverses et variées. Cela suffit amplement à me combler. Même sans un Bac +7, même sans diplômes joliment encadrés, accrochés au-dessus de mon bureau. Mais d'ailleurs, quel bureau ? J'ai toujours préféré travailler sur la table de la salle à manger, dégageant une aura bien plus vivante et chaleureuse, aux antipodes de toute austérité.

***

La première fois que j'ai dû assumer ce choix de réorientation, je me rappelle comme si c'était hier de tout ce stress qui m'envahissait au fil des minutes.

Nous étions le soir du 24 décembre 2021.

La très belle table avait été dressée par Maman. Chaque année, je me retrouvais d'ailleurs émerveillée devant toute cette beauté et cette ambiance magique qui se dégageait de la pièce. Dans le coin gauche du salon, le sapin brillait autant que les yeux de tous les enfants découvrant leurs cadeaux après le passage du Père-Noël. Le champagne était au frais, à côté des toasts de saumon fumé et des coquilles Saint-Jacques, prêtes à être divinement bien cuisinées par Mamie. Papi s'attelait à son célèbre et inimitable gratin dauphinois, ma sœur Bertille terminait sa mise en beauté, Papa était en train de choisir la playlist de la soirée (sans grande surprise celle-ci fut surtout composée de U2, meilleur groupe de rock d'après lui.) Quant à Alan, mon beau-frère désormais parfaitement intégré à notre famille, il terminait l'emballage des derniers paquets, ayant été beaucoup pris par ses formations de Fighting Irish Boxing Stance, un art martial. Irlandais oui, vous l'aurez compris.

L'atmosphère était douce et réconfortante. Rien ne pouvait venir gâcher ces tendres instants. Rien peut-être, à l'exception des traditionnelles questions se tenant chaque année au repas, généralement entre la seconde entrée et le plat principal, un trou normand des plus décoiffant.

J'avais décidé d'arrêter mes études de médecine quelques semaines plus tôt, ne me sentant plus du tout à ma place et ayant enfin eu le courage de chercher un plan B. Un plan B qui deviendrait finalement un plan A, me satisfaisant et m'épanouissant davantage quotidiennement.

J’avais très peur. Peur de surprendre de la mauvaise façon, peur de décevoir, peur d’être jugée, incomprise, peu soutenue. Puis j’ai réalisé que j’étais entourée de ma famille. D’êtres humains tenant tellement à moi qu’ils comprendraient forcément. Peut-être pas tout de suite, peut-être pas immédiatement. Mais au plus profond de moi, je le savais, ils comprendraient.

Leurs réactions furent renversantes. Ils se fichaient en réalité de savoir si de grande chirurgienne de bloc opératoire je devenais aide-soignante à domicile. Tout ce qui les importait, c’était mon bonheur. Et accessoirement tout de même, de réussir à gagner ma vie. Les deux conditions étaient bel et bien cochées. Comme dirait mamie : « mon sang n’avait fait qu’un tour dans mon corps » à cause de toute l’angoisse accumulée. Mais mon corps et mon esprit se retrouvaient désormais apaisés.

Au fond de moi, j’attendais presque leur validation. Le fait qu’ils me soutiennent autant et me fassent énormément confiance a été, à mon sens, le point de départ officiel de ma reconversion professionnelle.

Si un jour ils lisent ces mots, merci. Merci d’avoir permis à la Léonie perdue et désorientée de retrouver un chemin stable et prometteur. Juste, merci.

***

Aujourd’hui, je ne regrette rien de ce choix. L’expérience que mes études de médecine m’a apportée n’est pas négligeable, j’y ai rencontré de superbes personnes pendant que j’étais sur les bancs de la fac, j’ai à présent beaucoup de jolis souvenirs en tête et je reste convaincue que rien n’arrive par hasard. Si j’ai d’abord dû emprunter ce chemin-là, c’est qu’il y a une bonne raison.

Ces quelques années ont alourdi mon bagage de connaissance, ont rempli ma caisse à outils de savoir-faire, en plus de remplir quelques lignes supplémentaires sur mon curriculum vitae.

Je l'ai longtemps pointé comme un échec, alors qu'avoir osé sauter le pas pour être pleinement épanouie et heureuse tous les matins en me levant est finalement la plus belle des victoires.

Moralité ?

Même dans le domaine professionnel, il faut savoir s'écouter. Tous les métiers sont beaux et utiles. Ils servent généralement aux autres, car nous ne sommes qu'un petit maillon d'une chaîne gigantesque, interminable, mais ils nous servent également à nous-mêmes. Se surpasser c'est bien, rester épanoui et serein au quotidien, c'est mieux.

Et ça, hallelujah, Nerea, Felicia, Juan, Miguel, et Alejandro l'ont compris. À votre santé les amis !

Chapitre II
La cohabitation

Quand on apporte une mauvaise nouvelle, personne ne pense à vous offrir à boire.

Marcel Pagnol

Jeudi, 11 h 22

Je ne commence qu'à quinze heures aujourd'hui. Le week-end dernier, ma mère Valérie et ma sœur Bertille sont venues passer le week-end à la maison. Le samedi après-midi, nous sommes allées faire quelques emplettes aux terrasses du port. La vue y est incroyable, l'atmosphère agréable, les odeurs méditerranées et les magasins bien trop attrayants pour oublier son portefeuille à l'appartement.

J'avais besoin d'une nouvelle brassière de sport. Avec Maloé nous avons récemment débuté le cerceau aérien, une discipline autant belle et challengeante, qu'originale et difficile.

Comme toute coquette qui se respecte, je suis donc sur le point d'essayer ce nouvel achat face à mon miroir de salle de bain. À ce moment-là, j'ignorais innocemment que j'étais sur le point de faire la plus tragique découverte de ma, jusqu'ici, courte vie.

Ma poitrine est lourde, mon sein gauche particulièrement douloureux, une boule a élu domicile fixe près du téton.

Le verdict est tombé quelques semaines plus tard, après avoir enchaîné rendez-vous et examens médicaux en tout genre.

À 27 ans, j'étais atteinte d'un cancer du sein.

Faire bonne figure. Garder la tête haute. Simuler un « ça va aller ».

Les premières semaines, je ne pourrais qu'à peine expliquer ce qu'il se passait. Mon médecin généraliste avait pourtant été clair et rassurant : j'étais jeune, en bonne santé, la tumeur avait été diagnostiquée à temps. J'avais entre 70 et 80 % de chance de m'en sortir.

Mais lorsque je me retrouve face à un obstacle, peu importe son importance voire son taux de gravité, ce n'est pas l'obstacle qui m'effraie le plus, mais bien ce qu'il y a autour de ce dernier, ce que l'obstacle va indirectement provoquer.

Je n'avais pas honte, ce n'était pas de ma faute. J'ai toujours su prendre soin de moi : nager trois fois cinq kilomètres toutes les semaines (j'étais d'ailleurs sur le point d'intégrer le cercle des nageurs de Marseille, quelle fierté !), beaucoup marcher, bien m'étirer, boire de l'alcool uniquement le week-end et en quantité toujours raisonnable, manger au maximum équilibré.

C'est la vie, dirons-nous, qui dans la course des malchanceux, a tristement décidé de me positionner directement en premier sur le podium d'arrivée.

Non, ce qui me dérangeait le plus c'était les autres. Non leurs regards, mais bien leurs réactions et changements d'attitudes.

Je ne voulais pas être perçue comme une victime de qui on aurait pitié, mais je ne voulais pas non plus que l'on agisse comme si de rien était. Et c'est un équilibre, hélas, très compliqué à trouver.

Parfois, j'ai presque honte d'avouer que ma maladie me servait d'excuse, pour ne pas sortir quand je préférais des vlogs sur YouTube comme principale activité, pour ne pas aller faire du sport quand, quelques jours par an, la pluie s'invitait dans mon sud adoré.

Mais à l'inverse, je ne supportais pas que l'on me caresse dans le sens du poil. Un « laisse Léonie, on va le faire » de la part de Jérémy, mon ami d'enfance pendant que je l'aidais à déménager, ou encore « ne t'inquiète pas si tu n'as pas trop le temps de donner des nouvelles, je comprends, il faut que tu te reposes » émanant d'un texto de Victoire, une amie de longue date qui était à Paris et que je ne voyais que très peu, et tout en moi bouillonnait.

Un cancer c'est comme un mauvais coloc, on aimerait le mettre à la porte, mais on est finalement obligé d'apprendre à vivre avec.

Pour tolérer ce nouvel habitant, j'ai pris la décision d'aller me faire aider par un professionnel. Je ne peux d'ailleurs que vous recommander à vous aussi de consulter un thérapeute si vous en ressentez le besoin.

Ouvrir son esprit et son cœur à un parfait inconnu peut être intimidant, voire inquiétant, mais cela est également très libérateur.

Un·e psychologue ne peut pas vous juger, sera toujours neutre et ne vous connaissant pas personnellement, vous guidera donc objectivement.

Mon objectif à moi était simple : accepter la maladie. Et éventuellement concevoir le fait que celle-ci finirait par m'emporter.

Oui, à 27 ans, quand on est censés avoir encore toute la vie devant nous.

Peu importe notre âge, la mort a quelque chose d'ingrat. Elle ne nous demande que rarement notre avis.

Ma psy était aussi jeune que moi, c'était sympa d'avoir l'impression de se livrer à une copine. J'avais de très belles ressources et une superbe énergie me disait-elle, mais est-ce que cela allait suffire à ce que le petit crabe logé en moi se transforme en une armée de papillon, prête à s'envoler après avoir gagné la bataille ?

Je suis convaincue du pouvoir de l'esprit sur la santé du corps. Une tête ou un cœur fatigué vient amoindrir et affaiblir tout le reste. Prenons l'exemple du stress, celui-ci émane de notre cerveau, mais se traduit ensuite par des symptômes on ne peut plus physiques.

Sauf que là, j'en étais tellement convaincue que j'espérais presque qu'en restant positive et optimiste, cela me soignerait. Mais ce qui pouvait surtout me soigner n'était pas de faire briller ma vie, c'était une chimiothérapie.

À partir de là s'en est suivi une dégringolade de jours sans. Des jours déprimants et angoissants, le traitement m'affaiblissant de surcroît énormément.

Ai-je songé à l'idée de renoncer ? Très honnêtement, les jours où je n'étais pas seulement fatiguée, mais bien exténuée, oui. Mais à chaque fois, je pensais aux personnes que j'allais laisser.

Lorsque quelqu'un s'envole, le plus triste c'est pour ceux restés à terre, s'écroulant au sol sous le poids du deuil.

Et finalement, lorsque le sort semble s'acharner contre nous, je pense que le plus important, l'essentiel même, est de savoir faire preuve de résilience.

Je ne crois pas que l'on puisse guérir des maladies graves comme des cancers avec deux flacons d'huiles essentielles et de la méditation quotidienne.

En revanche, je suis persuadée que l'esprit encore une fois peut permettre au corps de se battre davantage et de guérir plus vite. Dans la médecine holistique, une forme de médecine non conventionnelle partant du postulat qu'il faut prendre soin de l'être humain dans sa globalité, on stipule que chaque maladie, chaque mal physique, proviendrait en réalité d'un mal à l'origine émotionnel. Si l'on croit à ce principe et que l'on adhère à cette théorie, la logique voudrait donc que pour se rétablir plus vite, l'émotionnel ait également toute son importance.

En acquérant cette force que nous donne la résilience, c'est comme si nous armions notre corps sur le fond. La forme sera la médication et le repos. Le fond lui se soignera grâce à un suivi thérapeutique si besoin est, mais surtout grâce à cet espoir de vie, à cette énergie que nous utilisons pour résister, combattre, et gagner.

On m'a souvent demandé comment je faisais pour rester forte face à toute cette pagaille et cette zizanie que ce petit crabe avait provoquées en moi. La réponse était simple : en me laissant aller et en désespérant, j'avais moins de chance de me rétablir qu'en acceptant. Les faits étaient malheureusement là, je refusais donc de gâcher et de saboter ce qui pouvait être mes dernières années.

Peut-être que j'étais mal placée pour penser aussi positivement parce que j'étais jeune et parce que j'avais une bonne hygiène de vie ?

Peut-être que j'avais été lancée malgré moi dans une course contre la maladie avec tout de même quelques avantages ?

Dans tous les cas, peu importe sa façon de penser et l'état concret en l'espèce, je reste convaincue qu'un état d'esprit positif ne peut qu'apporter de belles choses à n'importe quel individu, dans n'importe quelle situation d'ailleurs.

La première fois que je suis sortie post-diagnostique, je me sentais différente.

Nous étions dans un superbe bar à cocktails et restaurant de tapas à Cassis avec Maloé, mais aussi mes anciennes super partenaires d'amphithéâtre à la fac, Aurélie et Iris. J'étais déjà faible, trop faible pour ressentir intensément et vivre pleinement.

Je ne savais même pas ce que je devais manger et boire. C'est vrai ça, quels étaient les goûts de mon petit coloc ?

C'est sur le chemin du retour, comme Maloé dormait chez moi, que je lui ai annoncé. Sa réaction, je me souviens, m'avait profondément étonnée. Elle m'a dit « OK, à partir de maintenant tu vas te battre, devenir une guerrière et mettre une raclée à cette foutue maladie ».

Ce n'est que plus tard, dans le cœur de la nuit, que le sien a décidé de parler et que je l'ai entendu pleurer.

Lorsqu'une personne tombe malade, la lumière, ou l'obscurité n'est pointée que sur elle. Mais il y a bien d'autres répercussions, et les proches sont les premiers directement touchés. Quel comportement adopter ? Cela peut être énervant d'inonder l'individu atteint d'espoirs qui peuvent sembler vains, mais comment pourrait-il en être autrement ?

Un soir, lorsque je cherchais une recette douce et réconfortante à reproduire dans ma petite cuisine de 8 m2, je suis tombée sur une image lourde de sens. Il était question d'un dessin plus précisément, où l'on pouvait voir deux personnages possédant chacun une batterie. Le premier avait sa batterie légèrement déchargée, pendant que celle du second était totalement vide. Et ce dernier s'excusait envers le premier, en lui disant tout simplement qu'il n'avait déjà pas assez d'énergie pour lui, pour convenablement en redonner à son ami.

Cette image est pour moi criante de vérité. Chacun donne ce qu'il est capable de donner. Tout comme le petit Colibri, chacun fait sa part, et c'est déjà amplement suffisant.

Le petit Colibri est une légende amérindienne. « Un jour, dit celle-ci, il y eut un immense incendie de forêt. Tous les animaux terrifiés, atterrés, observaient impuissants le désastre. Seul le petit colibri s'activait, allant chercher quelques gouttes avec son bec pour les jeter sur le feu. Après un certain moment, le tatou, agacé par cette agitation dérisoire, lui dit : Colibri ! Tu n'es pas fou ? Ce n'est pas avec ces gouttes d'eau que tu vas éteindre le feu ! Et le colibri lui répondit : je le sais, mais je fais ma part. »

Soyez ce petit Colibri.

Parfois, une parole attendrissante, un geste serviable ou même un joli sourire fait beaucoup.

Lorsque quelqu'un est malade, on ne pourra de toute façon jamais se mettre entièrement à sa place ni le soigner par magie. Votre présence et votre compréhension seront alors le meilleur des soutiens, le plus puissant des médicaments.

Et pour toutes les personnes malades qui me liront, tenez bon. Ne perdez pas espoir. On ne sait jamais de quoi demain sera fait.

***

Mon lendemain à moi fut plutôt positif. Après plusieurs mois qui m'ont semblé être interminables, mon médecin généraliste m'a appelé un mercredi midi pour m'annoncer que j'étais sur la voie de la guérison.

Le soir même, je n'ai pas pu m'empêcher d'aller fêter cette bonne nouvelle en ville.

Tout avait le goût de renouveau, de deuxième chance.

C'était encore récent, mais j'avais presque l'impression de déjà voir la différence, physiquement et énergiquement. On m'avait enlevé le plus gros des poids. On m'avait retiré la plus grosse des souffrances. C'était presque irréel.

Notre cerveau, en guise de protection, nous habitue rapidement à ce que nous sommes à un instant précis. Dans mon cas, il avait pris l'habitude de me faire me considérer moi-même comme malade. Mais je ne l'étais plus. L'étiquette ne me gênait pas puisque c'était ce que j'étais, mais l'enlever fut tout de même très agréable. Comme un vilain pansement qui nous irrite les poils, cette étiquette m'irritait tout de même de la tête aux pieds.

***

Aujourd'hui, il m'arrive bien évidemment de reparler de toute cette période. Cette parenthèse de ma vie, où tout n'était que peur et incertitude quant à l'avenir. Je ne souhaite pas que l'on me colle l'image d'ancienne malade du cancer sur le front, ni même que le commun des mortels sache que je suis en rémission. Je préfère transmettre un message d'espoir, car autant tout peut basculer du jour au lendemain, mais tout peut également très bien se dérouler d'un jour à l'autre.

C'est un épisode de mon histoire personnelle que je me surprends à aimer explorer, principalement dans le but d'aider. Le week-end dernier, je prenais d'ailleurs la décision de rejoindre une association pour soutenir toutes les femmes porteuses d'une tumeur au sein. Pour toutes ces femmes qui, ayant pris soin, chouchouté, sublimé leur poitrine, se retrouvent à présent à ressentir de la peur à leur sujet.

Lorsque l'on a des enfants, si l'on fait le choix de l'allaitement, le sein permet purement et simplement de nourrir son bébé, de lui apporter un des premiers besoins vitaux de tout être humain. Quelle ironie de se dire que parfois, ce même sein pourrait nous retirer la vie !

Mais cela ne doit en aucun cas devenir une honte, ou un tabou. Et pour prôner cette idée, depuis l'hiver dernier, je sillonne ma région accompagnée de ma précieuse partenaire de vie Maloé pour réaliser des campagnes de prévention pour octobre rose. Tantôt des séances photo, tantôt des vidéos, mais à chaque fois des rencontres qui me font justement vibrer cette poitrine si fragile fut un temps.

***

Toute cette histoire a duré onze mois. Les pires de toute ma vie. En moins d'une année, j'ai pu conscientiser que la vie, en plus d'être précieuse et unique, pouvait également s'avérer être trop courte et donc, injuste. J'ai tout déconstruit, tout remis en question, en me promettant que si un jour j'étais sortie d'affaire, je serais alors plus forte et plus armée que jamais.

Et sans la moindre relâche, bien que j'y ai parfois songé, cette vie me l'a rendu au centuple.

Mon petit crabe a fait sa valise et a foutu le camp, bon vent !

Moralité ?

Tout comme chacun possède sa propre vision des choses, chacun apprivoise la maladie sur elle/lui et sur autrui également comme il l'entend. Que vous soyez touché directement ou non, il est indispensable de prendre du recul, de conscientiser et d'extérioriser en regroupant toutes les armes à votre disposition pour gagner ce combat.

Et ces armes, que j'ai collectionné et jamais cessé d'utiliser m'ont finalement mené à la guérison. Du moins, à la rémission. Mon cas est unique et n'appartient qu'à moi, mais cette bataille m'a beaucoup appris. Et ces enseignements personnels, je tenais à vous les transmettre aujourd'hui.

Chapitre III
Dimanche câlin, lundi chagrin

Dans les grandes crises, le cœur se brise ou se bronze.

Honoré de Balzac

Lundi, 9 h 49

J'ai cogité toute la matinée. Depuis que j'ai ouvert les yeux, je ne suis pas bien. Je me sens triste. En préparant mon petit-déjeuner, je n'arrive pas à mettre le doigt sur le pourquoi. Pourquoi ce sentiment de peine immense dès le matin ?

Tout va plutôt bien dans ma vie en ce moment. Je veux dire, si je m'adonne à une petite introspection, il n'y a aucune ombre au tableau.

Aujourd'hui je commence à quatorze heures donc ce matin j'ai du temps pour moi, c'est ensuite avec Madame Richard que je passe l'après-midi, une petite mamie très délicate et toujours attentionnée à mon égard. Et ce soir, je dîne avec mes parents à La Table d'Augustine, un des meilleurs restaurants de Marseille situé dans le célèbre quartier du Panier.

Non vraiment, je ne comprends pas. J'ai passé un excellent week-end de surcroît.

Je réfléchis encore et encore en sirotant mon thé mûre – myrtille lorsque je réalise.

Cette nuit, j'ai rêvé de lui.

***

Quand on a le cœur brisé, c'est par vagues que celui-ci crie sa douleur. Que dis-je par vagues, ce sont plutôt des tsunamis.

Le matin, quand l'habituel message à la fois doux et motivant n'apparaît plus sur notre écran.

Dans la journée, lorsque l'on a le temps de penser au vide dans lequel nous sommes bercés.

Au volant, quand le mode aléatoire de notre téléphone décide de nous rappeler notre ancienne chanson de couple préférée.

En fin de journée, lorsque l'on n'a plus cette moitié à qui l'a raconté.

Puis le soir, face au triste constat que dans le lit, la place d'à côté s'est libérée.

C'est une jolie mélancolie. Oui, jolie. Car celle-ci nous prouve que malgré la fin de l'histoire, cette dernière a pourtant bien existé.

« Le temps fera les choses », disent-ils, rappellent-ils, conseillent-ils.

La vérité, c'est que le temps panse, adoucit, fait comprendre, calme, ou même aide à pardonner. Mais ce n'est pas à lui de faire le plus gros du boulot. C'est à nous.

Ou plutôt, à notre tête, quand le cœur est en parfait stand-bye. Sans carburant, il finit en pilote automatique. En plein régime sur l'autoroute de la solitude, aucune station essence n'apparaît avant énormément de kilomètres. Et Dieu sait que tous nos bagages accumulés rajoutent indéniablement du poids dans notre avancée.

Alors il faut rouler, pas plus vite, car il faut retenir ce que nous apporte notre itinéraire pour ne pas refaire les mêmes erreurs et donc, machine arrière. Il faut rouler plus loin. Traverser des déserts arides, rongés par l'amertume. Dépasser des plaines venteuses et humides. Contourner des montagnes de « pourquoi » et de « comment ». Et seulement après tout ce parcours, un nouveau point de vue peut s'offrir à nous.

On coupe le moteur comme on a coupé notre amour, rapidement.

On claque la portière comme on a claqué au sol tous ces sentiments, brutalement.

On prend une grande inspiration, celle du nouveau souffle, de la deuxième chance. On avance, peut-être encore en boitant, mais on avance tout de même, même prudemment. On se rend compte que la tempête est derrière nous, et que même si d'autres nuages viendront obscurcir le ciel, le soleil est toujours là.

On prend notre courage à deux mains face à ce nouveau destin et on se répète en boucle que tout est finalement possible lorsque rien n'est certain.

***

Oui. J'ai déjà aimé passionnément, d'un amour beaucoup trop fort, et bien trop ardent.

Je n'ai jamais été pour les relations passionnelles, celles qui tournent la tête, illuminent le cœur et retournent le corps.

J'ai toujours associé cela à un incendie brûlant et dévastateur qui laisse tout en cendre sur son passage. L'amour devrait plutôt être une prairie, une jolie prairie. Rafraîchissante, douce, calme, colorée et apaisante.

J'étais parfaitement disposée et très motivée à me promener dans ma prairie, mais l'incendie s'est déclenché.

Mon poignard dans le cœur, qui m'a pendant très longtemps laissé une plaie béante dans la poitrine, s'appelle Dylan.

J'aimais Dylan aveuglément. Il m'a en effet fallu beaucoup de temps pour voir qu'il hébergeait bien trop de démons dans sa tête pour réussir à faire de sa vie, et donc de notre relation, un réel coin de paradis.

D'avance, les dés étaient truqués, la réalité tronquée.

Je ne suis pas d'accord avec ceux clamant que l'amour c'est dur. Non, ce qui est dur c'est d'aimer la mauvaise personne. Celle qui, que ce soit volontaire de sa part ou non, nous nuit.

Comment savoir quel devrait être le juste milieu entre tolérance/acceptation, et abus intolérable ?

J'ai mis du temps à mettre des mots dessus, car autant l'amour peut être magnifiquement beau, autant il peut être méchamment dévastateur.

Comme après un cataclysme, il ne reste plus rien. Le remake d'un film catastrophe version cœur. Tout est vide et on ne comprend plus grand-chose par la suite. L'être humain est en plus tellement complexe, que lorsque l'on pense avoir compris, tout est rapidement remis en question.

J'ai appris récemment que cet ancien amour s'était non seulement remis en couple, qu'il avait emménagé avec sa nouvelle copine dans un joli petit mas provençal à Auriol, mais surtout… qu'il s'était marié. La frontière entre copine et femme est finalement vite franchie. Lui qui en parlait tant lorsque nous étions ensemble. Peut-être que pour certaines personnes, le mariage fait davantage office d'une belle finalité ? D'un accomplissement de vie ? D'une grande réussite ?

Dans tous les cas, il y avait maintenant Monsieur Dylan Frougard et Madame Frougard.

Un coup de massue. Comment était-ce possible ? Alors que j'étais encore en train de me faire violence pour supprimer les dernières photos de mon téléphone où nous étions ensemble, de son côté il réalisait déjà de nouveaux clichés avec sa nouvelle madame.

Madame. « Ma dame ». Avant, c'est moi qui étais « sa dame ». Lorsqu'on s'approprie symboliquement une personne, cela devrait être difficile de changer si rapidement ensuite, non ? Il serait logique qu'un minimum de laps de temps soit nécessaire, vous ne croyez pas ?

Dans ces moments-là, je m'interroge énormément moi-même par rapport à l'ego. Pas le bon ego, pas le « je » gardien de notre personnalité, mais bien le mauvais.

J'ai souvent entendu que personne n'était ni indispensable ni irremplaçable. Ce serait donc cet ego qui nous en convaincrait pour nous protéger ? Quel prince de pacotille, celui-là.

Je ne préfère même pas savoir au bout de combien de temps Dylan s'est remis en couple après notre « nous » à nous.

Plus globalement, je ne préfère pas me rendre compte à quel point l'être humain peut ressentir le besoin d'enchaîner les relations par peur d'être seul. À quel point certaines personnes ont besoin d'un « nous », car leur « je » ne les comble pas, ne leur suffit pas. Ce n'est purement et simplement que de la boulimie relationnelle.

Pour ma part, je préfère toujours prendre le temps de me retrouver et de pleinement savoir qui je suis.

On sait que l'on peut s'engager à nouveau avec quelqu'un et ne plus être seul·e quand on ne pense justement plus au fait qu'on est actuellement seul. e.

Et c'est uniquement quand on sait ce que l'on vaut que l'on sait alors ce que l'on veut. Je n'ai pas envie de souffrir d'une indigestion de la sorte.

***

J'aimais Dylan bien plus qu'il ne s'aimait lui-même. Et c'est là que réside l'essentiel du problème. Quand on ne s'aime pas correctement ou pas assez, on ne peut pas aimer convenablement l'autre non plus. Cela coule de source pour certains, mais apparemment pas pour d'autres. C'est là qu'un travail sur soi, seul ou accompagné, est nécessaire. Sinon notre problème grossit, ou pourrit même, et c'est le drame.

Je ne pouvais jamais assez le rassurer, assez l'apaiser, assez l'écouter, assez le calmer. Et pour lui justement, ce n'était jamais « assez ». Je me donnais trop alors qu'il avait l'impression de ne rien recevoir.

Quand je prenais des risques pour lui, il ne s'en rendait même pas compte. Quand je me battais pour lui, il ne s'en rendait même pas compte. Quand je le défendais corps et âme, il ne s'en rendait même pas compte.

Il réécrivait toujours l'histoire, mais avec sa vision des choses à lui et à lui seul.

Il me faisait porter le poids de son bien-être, ce qui était profondément anormal.

Mon erreur a sûrement été de ne pas aller là où il m'attendait. Mais justement, je n'ai jamais demandé à ce qu'il m'attende quelque part. Il devait me recevoir comme j'étais, ou ne pas me recevoir du tout. Savoir faire des efforts est un gage de maturité, oui, mais il ne faut pas en arriver non plus à devoir faire des sacrifices. En matière relationnelle, il y a une grande différence entre faire des compromis et faire des concessions. Pour Dylan, il aurait fallu que je fasse trop de ces dernières et pour moi c'était hors de question. Cela aurait bien trop outrepassé mes limites personnelles.

L'écart entre nous a donc augmenté, le fossé s'est creusé. Jusqu'au jour où aucun pont, aucune passerelle, ni aucun passage pouvait nous réunir à nouveau.

Il était là. Il existait toujours. Mais loin de moi. Et c'était probablement mieux comme cela.

J'ai mis plus de six mois à supprimer notre conversation WhatsApp. Car son dernier message, celui qui restait affiché dans le fil de mes discussions, était son ultime « Je t'aime ».

On pense, souvent à tort, que celui qui quitte ne souffre pas.

Moi je pense que celui qui quitte lorsqu'il ne l'a pas souhaité à l'origine souffre de la même manière, voire plus. Car au-delà de la tristesse de la rupture en question, celui qui quitte doit avoir le courage d'assumer son choix et d'en payer les éventuelles conséquences.

Aujourd'hui je n'ai plus de nouvelles de Dylan. Maloé m'a récemment dit qu'elle l'avait aperçu à Grand Litoral en train de faire quelques emplettes, mais cela est tout.

Bertille l'a également croisé il y a quinze jours dans le métro juste avant la Cannebière. Il l'a reconnu, l'a regardé avec insistance et l'a même suivi l'espace d'un instant paraissant court pour le commun des mortels, mais infiniment long et gênant pour ma sœur. Dans quel but ? C'est à lui qu'il faudrait le demander. Une fois de plus, cela prouve que même à présent séparés et éloignés, il y a des détails qui ne tournent vraiment pas ronds.

Mais soit, dans ce genre de moments étranges, voire gênants, incompréhensibles pour toute personne saine d'esprit, laissez faire. Si cela vous arrive à vous aussi, tant que ce n'est pas dangereux, que votre intégrité physique comme morale n'est pas menacée, laissez. La roue finit toujours par tourner.

Je suis très bien placée pour savoir que ce n'est pas facile, que le dire l'est, mais le faire non.

Il a disparu de mon radar, de mon GPS et de ma carte du monde. Ce monde si vaste dans lequel il est aisé de faire une croix et de tirer un trait sur quelqu'un pour qui on aurait donné sa vie, sans plus jamais le revoir.

Il n'y a pas eu d'au revoir, on est passé tout de suite aux adieux. Ils étaient à la fois calmes et assourdissants, silencieux et bruyants. Mais dans tous les cas, ils étaient hautement déchirants.

Quelqu'un un jour a dit « il n'y a pas de gens méchants, il n'y a que des gens qui ont peur et qui n'assument pas leur peur. » La peur étant une forme de souffrance, on pourrait également résumer cela comme : il n'y a pas de gens méchants, il n'y a que des gens qui souffrent. Les gens véritablement heureux ne font de mal à personne, non ? Et Dylan faisait tristement partie de ces gens-là.

Personne ne peut vraiment savoir le degré de profonde méchanceté de l'autre. En revanche, on peut vite reconnaître quelqu'un qui cache au fond de lui des peurs immenses, des peurs et des souffrances tellement puissantes qu'elles viendront ternir la personnalité, le comportement, l'attitude et les pensées de l'autre.

Lorsque j'ai été assez guérie pour m'ouvrir à de nouvelles relations et à de nouveaux hommes, Bertille, pourtant ma cadette de quatre ans, m'a dit la chose suivante : « en amour, c'est la tête qu'il faut écouter en premier, et ensuite le cœur. Car quand tout sera convenablement assuré et sécurisé, ce dernier pourra librement s'exprimer. » Et elle avait incroyablement raison.

Si l'on suit ce que nous dit notre cœur, nos émotions nous submergent et nous rendent aveugles. Et lorsque plus tard nous ouvrons réellement les yeux, ce n'est généralement pas très beau à voir. Alors qu'à l'inverse, en ayant pleinement conscience d'où nous allons avec notre personne, nous évitons les éventuels futurs obstacles, et ouvrir notre cœur vient uniquement apporter une dose de magie supplémentaire à la relation. Ce n'est qu'ensuite que le cœur et donc l'émotionnel pourra, devra même, s'exprimer davantage.

Ne faites pas la même erreur que moi à vous jeter corps et âme dès que les voyants semblent être au vert. Exprimer vos besoins, car un ou une partenaire doit être une plus-value dans votre vie, un bonus, une cerise sur le gâteau. Échanger quant à vos valeurs, car trop de différences finissent par créer un véritable écart. Et enfin, évoquer vos langages de l'amour.

***

En amour, nous ne parlons effectivement pas tous le même langage, un peu comme deux étrangers qui parlent des langues différentes, mais qui décident malgré tout de voyager ensemble.

Gary Chapman, auteur et conseiller conjugal, a relevé cinq langages de l'amour très justes, mais surtout très utiles. La première fois que je les ai découverts, je m'adonnais à une session de bronzage sur le balcon de mon appartement, café glacé dans la main droite, huile solaire indice 50 sur les jambes, lunettes de soleil sur les yeux. Ce fut alors une très belle découverte.

D'abord, il y a les paroles valorisantes. Des compliments, des mots doux ou rassurants, des encouragements. Pour certains d'entre nous, c'est la meilleure des manières pour communiquer notre amour : le verbaliser, l'officialiser oralement.

Arrivent ensuite les moments de qualité : faire des choses ensemble en restant mutuellement connectés, se concocter d'agréables souvenirs. Je crois que celui-ci est mon préféré.

Puis nous avons les cadeaux. Du matériel, qu'il soit onéreux ou non, qui vient concrétiser notre amour via un objet, une attention faite maison, un petit mot.

Les services rendus sont également très importants, cela peut être tout simplement d'aller faire une petite course pour notre moitié, faire une tâche ménagère inhabituelle.

Et enfin, le toucher physique. Les câlins, le sexe, les papouilles, les bisous. Pour beaucoup de personnes, un geste vaut mille mots.

En bref, il faut se comprendre et se parler. Il faut communiquer pour parfaitement se compléter. Tel un véritable exercice où l'on pose correctement les bases.

Je rejoins décidément vraiment Bertille là-dessus, qu'est-ce que notre tête peut s'avérer être utile !

***

Et tout ça, force est de constater que nous ne l'avions pas respecté. Nous en étions même venus à décider d'un mot code rouge lorsque notre virulence nous emportait dans des prises de têtes et conflits incessants.

C'était toujours comme ça avec lui, des montagnes russes épuisantes. Quand on était au sommet, la vue était belle, l'attraction puissante et les ressentis incroyables. Mais quand arrivait la descente, c'était une chute de laquelle on ne savait ni quand ni comment, on allait s'en relever.

J'aurais dû y mettre un terme bien plus tôt. Mais l'amour fait faire des erreurs, et celle-ci fut ma plus grosse.

Ne vous laissez jamais embarquer dans une relation destructrice. Mettez des limites et n'attendez pas de les franchir pour réagir. Ayez confiance en vous, et partez tant qu'il est encore temps.

Un jour je me rappelle, alors que j'avais passé la soirée au restaurant avec mes copains, j'avais malencontreusement oublié ma petite batterie externe pour téléphone à la maison. Et, après moult stories Instagram, ce dernier avait décidé d'aller se coucher avant moi.

Malheureusement pour moi, Mathis, le copain de Maloé, avait lui posté de son côté une vidéo dans laquelle on m'apercevait en second plan discuter avec le serveur. Rien de méchant, on plaisantait gentiment. Mais pour Dylan, cela constituait quelque chose de trop gros qu'il n'acceptait pas et qu'il ne pouvait pas laisser passer.

Lorsque plus tard, une fois rentrée chez moi et une fois que mon portable était en train de tranquillement se réveiller, je reçus des dizaines de notifications de la part de monsieur. Des reproches, des insultes, des suppositions idiotes, des peurs infondées.

Lorsqu'il a débarqué chez moi une demi-heure plus tard, sans mon autorisation, il a été violent. Violent verbalement, en me disant que mon seul rôle sur cette terre était de plaire aux hommes, mais que sinon, je ne valais rien. Comment quelqu'un censé nous aimer pouvait être profondément méchant et blessant de la sorte ?

Mais il a également été violent physiquement. Pas contre moi non, Dylan ne m'a jamais touché. Violent envers certains objets qui ont fini par s'exploser contre le mur de mon salon. Violent contre lui-même, en se tapant les mains dans tout ce qui passait sur son chemin. Violent contre la vie.

Ce soir-là, il en est même venu à fouiller dans mon téléphone pendant que j'étais sous la douche. Il a envahi mon jardin secret, a violé l'intimité numérique que je possédais à travers mon portable, et ce, sans aucun scrupule, seulement pour se rassurer lui-même. Alors qu'à mes yeux, ses doutes étaient totalement infondés et illégitimes.

Sa jalousie était excessive, car il m'avait placé au centre de son monde, n'étant pas à l'aise à ce moment-là dans sa famille et n'ayant, d'après lui, qu'un ou deux vrais amis. Il n'avait aucune autre figure d'attachement mise à part moi, et en attendait donc énormément de moi.

Il essayait également de me couper des autres, vous savez le fameux cliché « tes potes ne te méritent pas, ce ne sont pas de vrais amis. Ta famille ne te comprend pas, ils ne sont pas assez là pour toi… »

Ironie du sort, il a gardé contact avec ces soi-disant faux amis qu'il critiquait et rabaissait tant. Alors que moi, je ne suis on ne peut mieux entourée à présent.

En manipulant, on pense souvent en ressortir gagnant. Mais la vérité c'est que le fait même de manipuler prouve que dès le début, nous avons perdu.

Avec lui de surcroît, il y avait zéro communication. Qu'elle soit directe ou même indirecte. Si je répondais, il ne m'écoutait pas. Et si je ne disais rien, il ne comprenait pas. Ces hurlements étaient accusateurs, tout autant que l'étaient mes silences.

Du début à la fin, avec lui, ce n'était que du faux. Sa seule vraie qualité était qu'il savait rallier les gens à sa cause. Car il percevait très bien ce que les autres voulaient recevoir de lui et faisait ensuite tout pour leur donner. Non par honnête et pur don de soi, mais bien pour que lui récupère justement en retour (une réputation, une image, un cercle social.).

Encore un problème émanant principalement des gens n'ayant pas confiance en eux, ils font tout pour avoir une grande cour, même si celle-ci n'est basée que sur faux semblants et malhonnêteté.

Être gentil ou serviable pour être aimé est uniquement de la stratégie relationnelle et non une pure et affable offrande. C'est une faiblesse dissimulée, car derrière, encore une fois, il n'y a que de la crainte et de la peur. Ne soyez pas naïfs lorsque vous n'apercevez qu'une partie et non l'entièreté d'une personnalité. Si vous pensez rencontrer un diamant, n'oubliez jamais que celui-ci contient diverses facettes.

Mais le naturel revient toujours au galop, et je sais qu'il finira par se vendre lui-même. Ce sera sûrement long, car folle amoureuse de lui il m'a fallu vingt-trois mois pour m'en rendre compte, mais cela arrivera.

Les personnes profondément mauvaises ne gagnent jamais.
Du moins, elles peuvent gagner une bataille, mais pas la guerre.

***

Votre vie est constituée à 90 % de votre famille, de vos amis, de votre travail, de vos passions, de vos loisirs, de vos projets. Une relation amoureuse doit pousser celle-ci au 100 %. Si à l'inverse elle l'a baisse à 80, 70, 60 %, voire moins, partez-en. Personne ne veut d'un caillou dans sa chaussure.

J'ai longtemps cru que Dylan était mon diamant brut, alors qu'avec moi il n'était en réalité qu'une petite pierre grise, terne et froide.

Chacun donne ce qu'il a au plus profond de lui. Soyez et donnez de l'or brut, pas du gravier.

Avec lui, j'étais face à un petit oiseau tombé trop tôt de son nid, dans un monde qu'il n'arrivait pas à contrôler, avec des sentiments qu'il n'arrivait pas à gérer. Cet homme avait tellement peu confiance en lui qu'il me projetait toutes ses appréhensions à la figure.

Ce n'était pas un roi, c'était un enfant terrorisé.

Ne choisissez jamais l'enfant. Vous ne pourrez pas le sauver. D'ailleurs, personne ne peut sauver personne. Dans ce cas de figure, prenez le roi, ou le prince, le château et même le royaume. C'est lui qui vous apportera de réelles choses dans la vie.

Alors que le petit enfant restera accroché à votre sein, à vous pomper tout ce qu'il peut, le roi, lui, vous élèvera.

Un partenaire de vie doit vous armer. Si on enlève tout aspect romantique, une relation amoureuse peut être considérée comme une transaction. Chacun des protagonistes y apporte son bagage en étant prêt à le donner à l'autre et à lui en faire profiter. Ces bagages doivent être perçus comme des armes. Dylan, lui, me désarmait.

Lorsque nous étions en public, c'était déplorablement la même chose. Il m'a plusieurs fois rabaissé, crié dessus, même insulté devant nos amis. « C'était pour rire, Léonie, arrête de toujours en faire une montagne, je ne sais même plus comment me comporter maintenant, tu prends tout mal et ça en devient chiant », me disait-il fréquemment dans la voiture, sur le chemin du retour, quand je me retrouvais prisonnière dans le véhicule. Eh bien, comporte-toi juste correctement non ? Qui trouve cela normal de démonter sa copine devant autrui ? Absolument personne.

Et je me retrouvais aussi à être la gentille de service aux yeux des autres. Je ressentais au plus profond de moi que je ne m'affirmais pas, que j'avais perdu le contrôle.

Avoir un cœur pur de nos jours n'est pas chose aisée.
Trop loyale. Trop douce. Trop attentionnée. Trop généreuse. Trop fidèle. Trop dévouée.

Le trop finit par réellement poser problème face au moins, voire au rien, de plus en plus fréquent.

Déjà petite, j'étais dotée d'une sensibilité accrue. Le terme hypersensible est à mon sens un peu utilisé illégitimement de nos jours, mais j'ose admettre que je le suis aussi.

De temps à autre, quand ma mère venait me chercher à l'école et me demandait comment s'était passée ma journée, je fondais en larmes parce que je n'avais pas du tout aimé le moment où le petit Théo était tombé par terre à la récré ou lorsque ma voisine de table, Capucine, n'avait pas réussi à terminer son jeu de construction à temps et qu'on s'était moqué d'elle.

Quand je dis « on », je parle des quelques personnalités loups et épouvantails de la classe.

***

Oui, pour moi le monde est divisé principalement en trois catégories de tempérament : les loups, les épouvantails et les agneaux.

Les loups sont l'archétype de la méchanceté gratuite (ou, du coup, de la peur et de la souffrance poussées à l'extrême ?) et du vice humain, lui, poussé à son paroxysme. Les gens profondément mauvais, en résumé. Ceux manipulateurs, faux, égoïstes, violents physiquement et verbalement, menteurs, avides d'un quelconque pouvoir ou encore attirés par une luxure déraisonnable. Les loups blessent lorsqu'ils attaquent et le pire, c'est qu'ils le savent.

Viennent ensuite les épouvantails, soit les personnes qui pensent être simples et gentilles, mais qui font du mal aux autres via leurs comportements, actes et paroles involontaires. L'épouvantail c'est la lâcheté, la malhonnêteté, la bêtise et la fragilité. C'est la personne qui ne se mouille jamais, ne défend jamais, ne prend jamais position. Malheureusement souvent inutile pour répondre à nos besoins et à nos attentes, et qui trouve en plus le moyen de blesser certaines personnes qui sont à sa portée.

Puis arrivent les agneaux. Les agneaux, bien qu'ils soient profondément naïfs, sont irrévocablement gentils. Une personne agneau est douce, calme, sereine et ne vit que pour la paix et l'amour autour d'elle. On l'accuse parfois d'être trop simple ou même insipide, mais de nos jours, la vraie gentillesse, non calculée et non opportuniste, est à mon sens la plus belle des qualités.

Dans mon faux conte de fées, mon ex-monsieur se prenait pour le loup Alpha, hélas, destructeur, mais surtout complètement perdu dans sa propre chasse. Beaucoup de personnes autour de moi se sont tristement et malgré elles rangées dans l'équipe des épouvantails. Et moi, bien que ma laine ait été ternie à de nombreuses reprises, je suis et resterai un agneau.

D'un point de vue davantage pratique, la chose que le commun des mortels ignore et qu'il est important à mon sens de retenir, c'est que l'agneau, notamment de par sa pure innocence et sa bienveillance rare, arrivera toujours à s'entendre et donc à se rallier près du fermier qui désinstallera définitivement l'épouvantail planté au fond de son jardin, mais aussi avec le chasseur, qui éliminera le loup, le méchant de l'histoire qui ne sera jamais le bienvenu.

Si vous vous reconnaissez dans les personnalités des loups ou des épouvantails pas de panique, ce n'est pas la fin du monde et encore moins du vôtre puisque vous pouvez toujours travailler sur vous.

L'humain manque cruellement d'empathie, c'est un fait. Et ce sera aussi à mon sens sa plus grande perdition. Car en favorisant toutes formes de relations et en développant la conscience de soi, l'empathie contribue à un monde plus juste. Et donc meilleur.

Soyez un agneau, mais entourez-vous et armez-vous suffisamment bien pour ne plus être atteint par les déceptions émanant des épouvantails et par la cruauté des loups.

***

Une chose qu'il me semble essentiel aussi d'écrire ici, c'est qu'aimer ne suffit pas.

Arrêtons de nous croire en plein cœur d'un dessin animé Disney ou au centre d'un film romantique hollywoodien.

L'amour ne suffit pas.

On ne se sépare d'ailleurs généralement pas par manque d'amour, mais bien parce que ça ne fonctionne plus. On ne trouve plus sa place, on ne se sent plus compris, on a plus les mêmes envies, projets, besoins, on ne se sent plus épanoui.

On peut être fous amoureux, mais être mal à deux.

Et c'était totalement le cas avec Dylan.

Peut-être que finalement nous aimions l'idée de l'autre ? Ou l'image de la relation que nous voulions ? Dans tous les cas, surtout dans le nôtre, cela n'a pas suffi. Ce n'était tristement qu'une relation dite de façade. Ces relations où l'on cherche à sauver et embellir l'extérieur alors que tout s'abîme et pourrit à l'intérieur.

Toujours irascible et avec un comportement hostile, j'aurais peut-être pu à l'époque me rendre tout simplement compte qu'il possédait un style d'attachement de type anxieux.

D'après John Bowlby, un psychiatre des années 1950, selon principalement la qualité des relations vécues avec nos parents, nous développons tous pendant l'enfance un des quatre types d'attachement suivant :

– L'attachement sécurisant (touchant 50 à 60 % de la population) ;

– L'attachement évitant/craintif (dont environ 25 % de la population serait concernée) ;

– L'attachement désorganisé (touchant 5 % de la population) ;

– Et donc l'attachement anxieux/fusionnel, dont 25 % de la population + mon ex-petit ami seraient concernés.

Dans les relations amoureuses, des explications scientifiques, basées notamment sur les neurosciences ainsi que les règlements hormonaux existent.

Seulement voilà, personne n'a à être responsable du type d'attachement et donc plus globalement du comportement d'autrui.

Chacun·e d'entre nous doit pouvoir se libérer d'un mal-être accompagné éventuellement d'un professionnel, mais également et surtout seul·e.

Si vous vous sentez couler, peu importe le pourquoi et le comment, vous devez acquérir la force et le courage de nager encore plus vite et plus fort pour sortir la tête de l'eau, quitte à en finir essoufflé. Vous ne devez en aucun cas vous laisser couler dans les profondeurs ténébreuses de vos problèmes. La vie est trop courte. Ne vous enfoncez pas, surélevez-vous.

***

Malgré tous ces passages à vide et ces peines, cette relation m'a fait grandir, je dirais même mûrir. Elle m'a fait ouvrir les yeux sur les rapports entre les êtres humains, sur ce qui est profondément mal, ou finalement ce qui peut basculer du côté du bien.

Si je le revois un jour, je lui dirai tout de même que je le pardonne. Non pas pour excuser tous ces gestes et paroles à mon égard et tout ce raz-de-marée qu'il a provoqué, mais simplement parce qu'à l'heure actuelle, il n'a plus aucune emprise sur moi.

Et puis, vous savez ce qu'on dit : « dans la vie, les faibles se vengent, et les forts pardonnent ».

Je me suis d'abord tristement libérée de son amour, pour fièrement me libérer de lui.

Moralité ?

Les relations peuvent parfois se révéler être compliquées. Mais le plus compliqué est de se laisser tout simplement entraîner dans la mauvaise. Il faut garder foi en l'humanité et foi aux rapports aux autres, mais sachez toujours utilement vous protéger. Pensez avec votre tête avant d'ouvrir votre cœur. Soyez un peu égoïste et méfiant par logique de prudence, mais n'oubliez pas de tout de même rester ouvert, optimiste et d'avancer de la meilleure des façons pour vous. Le bonheur est toujours à portée de mains lorsque l'on tend le bras dans la bonne direction. Et surtout, continuez d'aimer. Quand la haine est une épée, l'amour en est le bouclier.

Maintenant, j'opte personnellement pour l'autodéfense innée, mais ma carapace sait s'abaisser lorsque je sens que je ne suis pas en danger. Car s'il y a bien une chose que je refuse, c'est de devenir ce petit oiseau blessé qui a peur désormais de s'ouvrir, simplement parce qu'un pauvre loup l'a auparavant profondément amoché.

Chapitre IV
Qui aime bien trahit bien

La trahison est une moisissure verte et douce, comme le duvet : elle ronge en silence et par l'intérieur.

Francis Blanche

Jeudi, 21 h 24

Mon téléphone sonne. Sur l'écran verrouillé, j'aperçois le joli sourire de Carline s'afficher.

— Coucou, ma biche, tu vas bien ?
— Hello, Léo, non pas trop. Je ne te dérange pas, j'espère ? Il est assez tard.
— Du tout, je terminais tranquillement de débarrasser ma table.
— Je viens d'apprendre quelque chose de vraiment pas cool.
— Raconte-moi tout, je t'écoute.
— Tu te souviens de Fred ? Mon ancienne prof d'équitation ?
— Oui vaguement, c'est celle que nous avions vue quand je t'avais accompagné pour ton dernier concours, au club hippique de Nice ?
— C'est ça, eh bien, j'ai appris un peu plus tôt dans la journée qu'elle avait fait en sorte d'évincer Marina, l'autre prof.
— Mais… ?
— Oui, elles semblaient pourtant amies.
— Oh mince. C'est vraiment grave du coup ?

— Malheureusement oui, car Marina suite à ça a décidé de démissionner, se sentant trahie, et tant qu'on ne retrouvera pas une nouvelle recrue pour assurer la moitié des cours, Fred ne pouvant pas tout gérer, le centre sera plus souvent fermé. Je suis dégoûtée.

— Mais tu sais pourquoi Fred a fait ça?

— Sûrement par pure jalousie. Les gens sont bien plus sournois et méchants qu'on le croit Léo.

— Oh oui, je sais.

— J'espère que ça ira pour elles quand même, moi je suis comme la Suisse, je préfère rester neutre.

— Tu as bien raison, ma biche, cela ne sert strictement à rien d'envenimer la situation. Mais si au fond de toi tu décèles tout de même une petite injustice, n'hésite pas à prendre position et à affirmer ce que tu ressens face à cette situation.

— Oui, Léo, merci. Je te laisse filer au lit maintenant, à demain !

— Yes, à demain, ma belle.

***

« Manquer au devoir de fidélité. »

Qu'elle soit gigantesque ou minime, la trahison brise les cœurs en des milliers de morceaux.

Je ne me souviens pas vraiment de la première fois où l'on m'a trahi. Du moins, où je me suis sentie trahie, car cela n'est pas la même chose. Tout comme notre parole ne sera jamais celle d'Évangile, notre vérité n'est pas vérité générale.

Ce qui relève de la trahison pour l'un n'en sera absolument pas une pour l'autre.

J'ai toujours aimé être entourée, cela est indéniable. De la maternelle jusqu'à ce moment précis où j'écris ces lignes, je peux facilement admettre que j'aime les autres, que j'aime les gens. Mais parfois, ce sont eux qui ne nous aiment pas. Ou qui pensent seulement, nous aimer. Ou qui nous aiment de la mauvaise façon. Ou qui nous aiment, mais agissent comme si ce n'était pas le cas.

Bref, de multiples interconnexions pouvant déboucher sur de multiples désaccords.

En maternelle, lorsque je vivais à Aubagne avec mes parents, j'étais déjà la petite rousse aux yeux verts, d'origine irlandaise, que maman adorait coiffer avec deux tresses, à qui papa adorait offrir des petits bracelets avec des trèfles verts, un des symboles de son pays natal, qui allait dans le fond de la cour de récréation avec ses copines goûter les célèbres fleurs au goût de pomme. Ne faites pas la grimace, à l'époque j'ignorais que même sur les sols de l'école Nelson Mandela de la ZAC de mon quartier, cela n'était pas très hygiénique de jouer à Robinson Crusoé.

Mais ce que je méconnaissais également, c'est qu'en termes d'amitié, j'allais très vite déchanter.

J'ai d'abord un douloureux souvenir remontant au CM2, lorsqu'Abigaëlle, la petite brune intello de la classe qui faisait en fait semblant d'être ma copine, s'est vue victime d'un changement de statut en devenant la plus fausse, de la classe. Un beau samedi du mois de juin, elle avait en effet invité tout le monde à son anniversaire, sauf moi.

Le pire était que cette charmante Abigaëlle vivait juste en dessous de chez moi. Pendant toute la durée de sa petite fiesta, je vous laisse deviner qui était assise dans son jardin, seule dans son coin, les larmes aux yeux de n'avoir pas eu la chance d'être avec le reste de ses copains pour partager des moments heureux. Ma mère avait même dû hausser le ton pour que je rentre à l'intérieur de la maison et puisse me changer les idées, tout cela dans le but évident de me protéger.

J'ai de la peine, mais surtout beaucoup d'empathie pour cette petite Léonie de onze ans qui a découvert bien trop tôt la dureté de la vie et à quel point un seul fait ou une seule parole pouvait avoir l'effet d'un coup de poignard en pleine poitrine.

Concernant Abigaëlle, ce n'est que plus tard que j'ai appris en discutant avec elle, lors d'une soirée lycéenne, qu'elle était simplement jalouse, car le garçon dont elle s'était amourachée avait plutôt des vues sur moi. En CM2, avoir déjà cette mentalité-ci c'est, je trouve, assez fort de café.

Mais en parlant de poignard, je pense que ma trahison habituelle, celle à laquelle je semble hélas abonnée, ce sont justement les couteaux dans le dos.

Car oui, ensuite on grandit, et les trahisons aussi. Elles deviennent proportionnelles à notre âge, c'est à dire bien plus grandes, gigantesques même.

Je ne parle pas de celles encore assez mignonnettes, comme la copine qui met le grappin en soirée sur le garçon qui te plaisait, juste après l'en avoir informée. Ou encore celle qui, ayant un peu plus de moyens que toi, s'achète tous les vêtements, chaussures et accessoires que tu lui avais montrés, des étoiles dans les yeux en t'imaginant déjà un jour pouvoir les porter. Articles qu'évidemment ensuite, elle ne voudra jamais te prêter.

Non, je parle des trahisons qui te retournent le cœur, mais aussi l'estomac, de par leur cruauté et leur côté inattendu. Car si l'on s'attendait à être trahi, je pense que nous en souffririons bien moins. Nous serions préparés, et non totalement désarmés.

Quelques années plus tard, au lycée, j'ai en effet subi la trahison de la pseudo-meilleure amie qui décide de te critiquer et de parler en mal, mais surtout en faux dans ton dos, dans un moment où non seulement tu avais besoin d'elle, mais où il te semblait logique qu'elle te défende. Quelles bien triste petitesse et pauvreté de cœur et d'esprit ! Quel manque flagrant d'élégance et de bienveillance !

Mais comme l'énonce si bien le mantra des sophrologues, thérapeutes que je côtoie beaucoup via ma profession, il faut accueillir ce qui arrive à nous sans jugement. Un constat, et non une critique. Alors soit.

Même à cet âge-là, en plein cœur de l'adolescence, l'intelligence émotionnelle et relationnelle existe déjà chez certains. Mais pas chez d'autres, et c'est terriblement dommage.

Ou encore le pseudo cette fois-ci, un garçon, frère de cœur depuis seulement cinq petites années, mais vous savez ce que l'on dit, quand on aime on ne compte pas, même le temps et les durées. Cet être humain avec qui j'entretenais un vrai lien fraternel finalement dépourvu de loyauté et qui se range du mauvais côté. Celui de la méchanceté gratuite, de la manipulation et de l'hypocrisie. Enfin, ranger, c'est peut-être une abréviation, un raccourci. On préfère souvent plutôt omettre de prendre position.

Il n'y a rien de pire, selon moi, que ne pas prendre position. Être dans la team des épouvantails. Cela se résume à ne pas savoir ce qui est le mieux, à ne pas se diriger vers la justice, la sagesse ou la vérité. À préférer ne pas se mouiller soi-même, quitte à mouiller les joues de la personne touchée qui sera triste de ce choix, mais qui, après tout, s'en remettra.

En cas de conflit, lorsqu'on décide de se taire, de ne pas se positionner et donc de ne rien faire, ce n'est pas la personne victime qui se retrouve aidée, mais bien son oppresseur. Voilà pourquoi les personnes épouvantails ne sont finalement pas bonnes.

Comme le dirait justement mon amie d'enfance Carline, « ne pas choisir, c'est déjà faire un choix. »

Que les plus grands adeptes du développement personnel et de la psychologie positive ne me jettent pas la pierre, non, je ne dis pas qu'il faut toujours avoir un avis radical et que l'on a besoin de toujours trancher. Au contraire, le radicalisme tend vers les extrêmes, et être extrême n'est jamais bon. Alors que la modération, elle, évidemment, l'est. Je dis simplement, sans me penser omnisciente pour autant, qu'il faut parfois choisir tout de même un camp. Lors d'un combat, choisir quel clan nous rejoignons sur le champ de bataille. Et ce même si on se met à la place des autres. Autrui n'est pas nous, c'est bien finalement ce qui en fait notre principale distinction.

J'ai longtemps réfléchi à comment réagir face à tout cela, face à la trahison. Devons-nous nous révolter ? Hurler ce qui est vrai ? Se défendre ? Se venger ?

Je vous avoue que lorsque j'apprends une quelconque forme de traîtrise à mon égard, je n'en suis que dégoûtée. Et c'est difficile de rebondir de la bonne façon après cela.

Pour l'ex-meilleur copain masculin par exemple, c'est grâce aux réseaux sociaux que j'ai tout découvert. Eh oui, aussi simple que cela puisse paraître, je me rappelle avoir été profondément déçue, écœurée, dégoûtée, suite au visionnage d'une de ses stories Instagram.

C'était un dimanche matin, il était 6 h 30, je m'apprêtais à partir réaliser mon astreinte du mois. J'ai d'abord été choquée, dans une totale incompréhension, pensant moi-même m'être trompée. Avoir mal vu le contenu, avoir mal lu son pseudo. Puis j'ai pleuré, puis j'ai suffoqué, puis je suis allée vomir. Tout simplement.

Quand la trahison est violente à ce point, le corps n'en est pas épargné.

Il m'a fallu quelques jours pour d'abord me calmer, et assimiler.

Puis j'ai compris.

***

Une personne qui trahit ne peut pas être aidée ou sauvée, car c'est ce qu'elle-même a décidé de faire. Et partant de ce postulat, chacun possédant son libre arbitre, on ne peut que choisir la façon dont cela nous atteindra.

S'il y a bien une chose que la vie m'a apprise, c'est que l'on ne peut pas changer les actions d'autrui, on peut simplement changer notre façon d'y réagir.

Alors, si jamais quelqu'un lit ces lignes un jour, que ce dernier soit doré ou gris, retenez qu'il faut choisir ses combats, choisir ce qui vaut le coup d'inclure sa santé parfois physique, mais surtout mentale.

Dans ce genre de situation, ne cherchez pas à sauver le traître qui trahit sans la moindre vergogne, sauvez-vous vous-même.

Il est vrai que le monde se porterait bien mieux si 99 % de ces occupants étaient naturellement honnêtes, sages et gentils. Mais dans ce genre de cas, rien n'est de votre fait.

Le pire, qui constitue finalement la plus belle des ironies, c'est que les traîtres sont les premiers à se faire avoir à la fin. En trahissant, ils agissent avec bêtise, et qui dit bêtise dit aussi fort risque de naïveté. Dans cette triste histoire-ci, mon « meilleur ami » s'est quand même, pour moi, rangé du mauvais côté. Mais si à ce moment-là il avait su toute la vérité, je ne pense pas qu'il l'aurait fait. Moi je n'ai rien dit, car la roue finit toujours par tourner, et il finira par ouvrir les yeux de lui-même. En tout cas, pour son bien à lui, pour qu'il soit correctement entouré de personnes honnêtes, fiables et gentilles à son égard, je lui souhaite.

Eh oui, au grand jeu de la vie, beaucoup pensent en être les maîtres alors qu'ils ne sont que de simples pions. Je ne suis ni l'un ni l'autre, je connais juste les règles.

Et dans mes règles à moi, il y a le mot bouclier. Je tiens à garder ce dernier pour me protéger de toutes les atteintes diverses et variées dont je pourrais être victime, atteintes qui me conduiraient à être profondément déçue.

Car oui, la trahison est une puissante déception.

Mais il faut aussi apprendre à la surmonter. Elles sont nombreuses, à des échelles différentes, mais seront toujours présentes. Nous n'avons souvent pas de contrôle dessus, et pour la relativiser, dites-vous bien que vous aussi vous avez déjà déçu, de par vos actes ou vos paroles. Et vous vous êtes peut-être même déjà déçu vous-même !

Je ne pousse personne à la culpabilisation, j'essaie juste de nuancer cette notion.

Les déceptions font partie de la vie, elles sont à prendre avec nous, car nous n'avons malheureusement pas le pouvoir de les laisser de côté. Étant inévitables, je pense qu'il ne faut pas se priver par peur de les croiser sur notre route. Au contraire, continuons à vivre pleinement, elles nous frôleront ou nous renverseront, mais au moins pendant ce temps, nous vivrons.

Il est vrai que la déception est de surcroît une émotion un peu à part. On est déçu, car on attendait quelque chose : un résultat, une réussite, une bonne nouvelle, une certaine fidélité ou loyauté, un quelconque soutien.

C'est une insatisfaction venant briser nos espoirs.

Je n'aime pas la phrase prônant le fait qu'il ne faut rien attendre pour ne pas être déçu. Je trouve cette vision trop pessimiste et catégorique. Vous pouvez attendre de quelqu'un ou de quelque chose si vous savez que ce quelqu'un ne risquera pas de vous décevoir et que ce quelque chose sera atteignable. Si ce n'est pas le cas, je pense qu'il n'est alors pas question d'attente puisque l'on a encore moins de contrôle dessus. Il faut juste laisser les choses se faire naturellement.

Toutes ces personnes ont brisé mes espoirs d'une belle et durable amitié, du moins avec elles. Mais c'est OK. Maintenant je sais à quoi m'attendre, et je rebondis.

Et surtout, à présent je sais que si j'en viens à douter de quelqu'un, alors il n'y a finalement plus de doutes à son sujet.

C'est difficile au début, je ne le cache pas. Je n'éteins pas mes émotions aussi facilement. Mais je me dis toujours que parfois, les ouragans n'arrivent pas forcément pour nous gâcher la vie, mais plutôt pour dégager et nettoyer notre chemin.

***

Il m'arrive aussi beaucoup de penser, à tort, que je vais recevoir autant que l'on me donne. Pendant longtemps j'ai eu du mal à accepter l'idée suivante : ce que je ferai volontiers pour quelqu'un d'autre, cette personne ne le fera pas pour moi. Cela m'a maintes et maintes fois brisé le cœur de me faire planter au dernier moment, qu'on ne réponde pas à un gentil message de ma part ou tout simplement que l'on me refroidisse avec un « non » assourdissant quand moi je prône le « oui » resplendissant.

Pour soulager mes petites peines quand cela se produisait, je me répétais sans cesse que ce n'était pas contre moi, que les autres avaient aussi leurs vies, leurs programmes ou leurs soucis et donc sûrement leurs raisons.

Heureusement que nous ne donnons pas tous la même quantité d'attention, de soutien, d'amour. Ce serait très étrange d'être tous logé à la même enseigne.

Les « 4 accords toltèques » sont également venus appuyer et structurer davantage ma façon de penser à ce sujet.

Merveilleux ouvrage dégoté au Cultura de Plan de Campagne par une journée orageuse avec Maloé et Victoire, qui était descendue de Paris un week-end pour venir me voir, il s'agit à ce jour d'un des plus célèbres ouvrages en matière de développement personnel.

L'auteur, Don Miguel Ruiz, y présente ce qui constitue d'après lui quatre grands principes tendant à nous conduire sur la voie de la liberté personnelle. En d'autres termes, maximiser ses chances d'être heureux, serein et épanoui dans sa vie.

Bien que deux parmi les quatre étaient déjà ancrés dans mon quotidien, à savoir surveiller son langage pour correctement utiliser sa parole et donc son impact sur autrui, et toujours donner le meilleur de soi-même pour faire de son mieux, les deux autres en revanche m'ont souvent apaisé dans justement, ces moments où nous sommes peinés par les aléas de notre quotidien. Ces deux derniers accords, les voici :

– Ne jamais rien prendre pour soi ;
– Ne jamais faire de suppositions.

Du plus loin que je m'en souvienne, j'avais malheureusement toujours fait le contraire. Je me sentais toujours visée lorsque quelque chose se produisait et je supposais constamment des idées fausses, mais surtout des pensées qui me faisaient terriblement de peine.

L'ouvrage de Don Miguel Ruiz m'a beaucoup aidé grâce à ces deux accords. Je le savais déjà au plus profond de moi, mais grâce à lui j'ai pu correctement mettre le doigt dessus.

Nous ne sommes pas à la place des autres, nous ne pouvons donc jamais avancer le pourquoi du comment véritable. En ne prenant jamais les choses pour soi et en arrêtant de faire des suppositions qui ne nous apporteront au final jamais la réponse que nous souhaitons réellement, nous allégeons notre cœur et apaisons notre esprit.

***

Et puis aussi, je tiens à me remémorer constamment que notre perception n'est pas la même que celle de l'autre. Tout le monde voit les choses avec sa propre perspective.

« La carte n'est pas le territoire. »

En effet, d'après la programmation neurolinguistique, les conflits relationnels proviendraient principalement de la confusion entre les deux. Notre représentation de la réalité correspondrait à « notre carte du monde », à la vision que nous en avons. Celle-ci nous influence constamment dans nos décisions, nos choix et nos perceptions. Mais notre carte n'est pas la même que celle de notre voisin, avec qui nous partageons uniquement le même « territoire », soit le même monde.

Ainsi, il faut toujours rester mesuré, car personne ne possède LA vérité. Se protéger lorsque l'on nous a blessé oui, mais aussi, ne pas trop blâmer.

***

Huit jours plus tard

— Allo ?

— Oui c'est encore moi, je suis décidément accro à toi en ce moment.

— Ahah Carline ça me fait plaisir, tu es toujours dispo pour qu'on se fasse une sortie le week-end pro ?

— Oui oui évidemment, je t'appelais seulement pour te donner le dernier update concernant Fred et Marina.

— Oh oui, alors ?

— Eh bien, Marina a retrouvé un autre job, assez rapidement je dois dire, mais c'est cool pour elle, elle le mérite après tout ça.

— Et Fred… ?

— Fred aussi a embauché une nouvelle personne avec qui cela se passe étonnamment très bien. J'espère qu'à elle elle ne lui fera pas de coups bas.

— Hmm, tu sais, Carline, on ne peut jamais vraiment le savoir à l'avance et le voir venir, ça.

— Je sais bien. M'enfin, pour toutes les deux, chacune de leur côté, au moins ça finit bien.

— Eh oui, c'est déjà ça, voyons le positif où il y en a.

— Yep, à ce week-end alors mon chat, des bisous !

— À samedi, mon chat, bisous, bisous.

D'une quelconque façon, ressortez-y également gagnant si la situation se présente à vous en optant aussi pour une happy end.

Nous sommes bien les seuls à pouvoir décider de notre destin, destin qui se concrétise bien souvent suite à des choix.

***

Saviez-vous que le cerveau humain prend en moyenne 35 000 décisions par jour ? Du moment où l'on décide d'ouvrir nos yeux, jusqu'au moment où nous les fermons. Nous faisons même le choix de décider à quoi nous allons penser pour réussir à nous endormir. Et ensuite, c'est l'inconscient qui prend le relais.

Toujours est-il que nos vies sont faites de choix. De bons, et de moins bons.

Lorsque l'occasion se présente concrètement à vous, faites donc en sorte de faire le bon choix. Celui qui aura les meilleures conséquences pour vous en premier lieu, mais aussi pour les gens autour de vous.

L'être humain n'est pas fait pour vivre selon les attentes d'autrui, nous sommes bien d'accord là-dessus. Mais pour le bien commun et le vivre ensemble, je trouve que cela est relativement important de ne pas devenir des êtres purement égoïstes et égotiques qui se placent toujours en premier pour se sauver.

Car oui, s'il y a bien une dernière chose que j'ai à dire à ce sujet, c'est que généralement, on trahit, car on essaie avant tout de se sauver soi-même.

Dans mon histoire, Abigaëlle voulait se sauver parce qu'elle avait peur que son petit amoureux du CM2 se détourne d'elle.

La pseudo-meilleure amie voulait se sauver, car elle commençait à ne plus être à l'aise avec notre amitié, nos vies devenant trop différentes à ses yeux.

Le soi-disant frère de cœur voulait quant à lui se sauver de potentiels conflits à venir, s'il avait fait le choix d'officiellement choisir une des deux parties, préférant donc rester neutre.

Fred voulait se sauver, car elle voyait très probablement de la concurrence et ressentait de la jalousie en la personne de Marina.

Ce n'est pas trouver des excuses aux gens et minimiser leurs faits que d'essayer de les comprendre, et de comprendre leurs motivations pour avoir agi de la sorte.

C'est faire preuve de maturité émotionnelle, d'intelligence du cœur.
À mes yeux, la plus belle des qualités ex aequo avec la gentillesse et la bienveillance.

Et même si vous vous donnez la peine de réaliser ce petit travail de prise de conscience, vous restez maître de la situation en décidant de comment réagir face à celle-ci.

Accepter ? Refuser ? Bannir ? Ignorer ?

Comme pour beaucoup de choses, tout est finalement question de mesure.

On peut s'éloigner de personnes sans les détester à outrance. Il suffit de penser à soi, à ses besoins et à ce qu'on aimerait que l'autre nous apporte.

Si la relation commence à faner, on peut redoubler d'efforts en l'arrosant abondamment, ou déraciner la plante entière en attendant tranquillement que d'autres naissent, poussent, et fleurissent à la place.

Quitte à passer pour une belle Candide, je préfère analyser, interpréter puis apprendre. Car l'apprentissage peut aussi provenir des autres. Je comprends, parfois je pardonne, mais je fais le choix de tout de même rester à l'écart de ces personnes. Quand la confiance est partie, à mon sens il est ensuite trop tard. Quand quelque chose est brisé, même la plus puissante des colles ne saurait le réparer. Et je refuse de subir des amitiés fragilisées ou fêlées. C'est ma vision des choses, ma vérité.

Au final, les bonnes personnes m'ont apporté du bonheur et des souvenirs, les mauvaises des leçons et de l'expérience.

Et avec le recul aujourd'hui, au-delà d'en tirer des leçons, j'en rigole beaucoup avec auto-dérision.

Moralité ?

Nous sommes toutes et tous différents. Nos sensibilités, notre histoire et notre parcours, nos valeurs, nos idées, nos réactions, nos pensées. Et parfois, ça ne colle pas. Chaque personne, qu'elle passe rapidement dans notre vie ou qu'elle y reste longtemps, nous apporte quelque chose. Et quand bien même si de son apprentissage en découlera de la méfiance et de la prudence, ainsi soit-il. Blindez-vous suffisamment pour réussir à affronter la trahison émanant d'autrui. Même si cela vous provoque dégoût, tristesse ou colère, acceptez et tirez-en les leçons. Chaque blessure vous affaiblit dans un premier temps pour vous renforcer par la suite. Protégez-vous en n'accordant pas votre confiance à n'importe qui, et soyez forts. Croyez en vous et en ce que vous défendez et si cela vient à se (re)produire, comprenez que parfois ce n'est pas de votre faute, ce n'est pas vous le problème. C'était juste le comportement d'une personne, qui elle aussi a son vécu et ses problèmes, à un moment donné.

Depuis toutes ces déceptions, j'ai restreint mon cercle. Mon entourage est petit, mais précieux. Je préfère savoir qu'avec lui je tisse de vrais liens, ressens de vraies choses et peux lui accorder une confiance aveugle. Je favorise désormais la qualité à la quantité, chose que je ne faisais pas avant, aimant profondément être entourée. Mais l'entourage est une chose bien trop belle pour mal le choisir ou pour le négliger. Et surtout, je ne souhaite de malheur à personne, ayant justement malheureusement constaté que la vie savait très bien octroyer des revers de médaille sans qu'on ait besoin de l'y aider.

Chapitre V
Les battements de mon cœur

L'amour est le miracle de la civilisation.

Stendhal

Mardi, 17 h 36

Depuis mon tardif déjeuner, ma digestion a (trop) pris possession de mon corps et de mes moyens. Je suis affalée dans mon canapé devant des vidéos Tik Tok qui s'enchaînent sans réels liens logiques, j'attribue la petite note de 3/10 à l'algorithme.

J'ai besoin d'aller faire quelques courses avant de rejoindre Maloé à notre cours de cerceau aérien. OK, ce dernier est à 19 h, à seulement douze minutes de transports en commun de chez moi, mais avec mon énergie de loukoum atrophié, autant que je me motive dès maintenant et commence à m'activer.

Je revêts mon plus beau jogging, me fais un chignon plaqué pour ne pas avoir de mèches devant les yeux, brosse mes sourcils, dépose une microdose de mascara sur mes cils, un peu de déodorant, un peu de parfum. Et me voilà prête. Aujourd'hui je ne travaillais pas, et je fais partie de la team qui reste en pyjama quand elle est chez elle.

L'avantage c'est que j'ai une petite supérette juste en dessous de chez moi, seulement une centaine de pas, et m'y voilà.

De quoi avais-je besoin déjà ? Uniquement d'une brique de lait d'avoine et d'un avocat pour mes toasts de ce soir.

C'est alors qu'au rayon fruits et légumes, endroit le plus banal du monde me direz-vous, j'ai malencontreusement (et finalement, heureusement) tapé dans l'épaule d'un charmant jeune homme. Grand, brun, les yeux bleus, un tatouage sur le mollet droit et un sourire à retourner le cœur de cent dix-huit personnes en même temps.

Après quelques mots d'excuse vinrent les mots polis, les mots courants, puis ceux utiles. Profils Instagram échangés, c'est trois soirs plus tard que nous décidions d'échanger, cette fois-ci, des mots jolis.

***

Aujourd'hui, soit neuf mois après, je peux affirmer qu'Oscar est ce chasseur qui me protège et cet agneau qui m'apaise. En conclusion : mon roi.

C'est lui.

Non pas ma moitié, car nous restons toutes et tous des êtres uniques, mais bien mon prolongement. Ma personne.

On dit souvent que l'amour nous tombe dessus quand on s'y attend le moins. Je ne peux que le confirmer. Que ce serait-il passé si ce mardi 24 avril j'avais plutôt décidé de manger du taboulé ?

Oscar, c'est l'homme que mes yeux dévorent, que mon cœur convoque et que mon corps respire.

Je m'embrase dès qu'il m'embrasse.

Je rougis dès qu'il me chuchote des bribes d'amour au creux de l'oreille.

J'ai les yeux qui pétillent quand il est là, et qui s'embuent lorsqu'il ne l'est pas.

Son absence me fait l'effet d'une pièce manquante au puzzle de mon existence.

Et il n'y a que son prénom de mentionné sur l'ordonnance de mon cœur.

J'ai redécouvert ce que c'était de tomber pleinement amoureuse : dormir qu'un peu, écrire beaucoup, danser à la folie, et penser à lui passionnément.

De jour comme de nuit, chaque cellule de mon être l'aime d'un amour pur et vrai. Celui qui ne fane pas, ne s'abîme pas, ne s'éteint pas, ne périt pas.

C'est un amour doux et fort à la fois. Celui qui rassure autant qu'il désarme.

Dans une période où je ne pensais pas une seule seconde pouvoir ressentir à nouveau cela, il a été ma plus belle surprise.

Avec Oscar, tout a été très naturel dès le début, dès la première heure, voire dès les premières minutes. C'est comme si nous nous étions toujours connus. Nos conversations étaient fluides, nos partages honnêtes, nos rires sincères. C'était tout ce dont j'avais besoin, de surcroît au meilleur des moments. Ce moment où j'étais prête à correctement l'accueillir, et ce de la meilleure des façons, sans préjugés ni crainte.

Quelques semaines plus tard, notre premier rapport intime est venu confirmer tout cela. Nous étions transcendés l'un par l'autre, nos corps ne faisaient plus qu'un. Vous savez, ce sentiment d'appartenance totale à quelqu'un sur le plan physique, lorsque l'on ne sait plus où notre enveloppe corporelle débute et s'arrête tant elle est entrelacée à l'autre.

Aucune parole n'est alors nécessaire lorsque tout notre être parle à notre place. C'est une rare et pure évidence, une compatibilité extrême, un match parfait.

Et lorsque le léger voile de l'intimité s'est ensuite évaporé, nous nous sommes retrouvés encore plus en union l'un avec l'autre. Tout est alors devenu presque inné.

C'est ce naturel que j'aime tant avec lui. Je peux pleurer comme un bébé devant une pub pour la SPA, être horriblement stressée avant une compétition de natation, me retrouver euphorique à l'excès parce qu'il m'emmène manger par surprise dans mon restaurant italien préféré ou être énervée contre ce foutu sachet de biscuit qui refuse à l'ouverture de coopérer, il m'aime pour ce que je suis et me prend dans mon intégralité.

***

Vous savez, l'amour avec un grand A, je n'y ai personnellement jamais cru. Ce fameux amour qui n'attend rien en retour.

C'est vrai, l'amour inconditionnel, cette agapè, cet amour presque divin en fin de compte est difficilement envisageable dans un monde qui avance à mille à l'heure, où grâce aux réseaux sociaux nous pouvons rapidement être perçus comme des articles en vitrine, où nous souhaitons aller toujours plus vite, où il est plus facile de se séparer de quelqu'un ou de l'ignorer sans raison plutôt que de se battre pour cette relation. Comment garder foi en l'amour ? Comment rester crédule en croyant toujours à cet amour avec un grand A ?

La chose que l'on oublie, c'est qu'un amour pur et sincère, cela se construit. C'est une édification qui se produit avec le temps, grâce aux partages, aux moments de vie, à la confiance instaurée, au gré de multiples conversations.

Je ne pense sincèrement pas que l'on tombe amoureux comme l'on peut tomber d'un vélo. On tombe amoureux lorsqu'aux côtés de notre monsieur ou de notre madame, nous vibrons. Lorsque nous sommes apaisés, confiants, motivés, rassurés, naturels, spontanés.

Et bien au-delà d'une accumulation d'états d'être, on ne peut plus positifs, il s'agit principalement justement de cet état d'être-ci.

Être pour réussir à faire, et faire pour réussir à avoir.

Être dans l'incarnation parfaite de ce que l'on veut refléter à l'autre, sans masque, sans retenue, sans hésitation.

Réussir à créer du vrai, allant de l'instant éphémère au ressenti durable.

Avoir une relation simple, saine, sécuritaire et belle.

Lorsque l'on grandit, on apprend à marcher, puis à parler, puis à apprendre, puis à travailler. Ne faudrait-il pas également apprendre à aimer ?

Chez l'être humain, les émotions sont innées. Leur gestion en revanche l'est beaucoup moins. Quand j'ai rencontré Oscar, mes meilleurs sentiments se sont exaltés, mes moins bons se sont hélas aussi réveillés. Mais d'un « hélas » en découle rapidement un « heureusement ».

Heureusement qu'on doit chercher un équilibre.

Un amour trop faible ne fonctionne pas, mais un amour trop fort non plus.

Le but, c'est de trouver pour quelle personne cela vaut la peine d'apprendre à chercher, puis à trouver, cet équilibre.

J'ai même été assez méfiante au début. Je me demandais pourquoi c'était si parfait, pourquoi il n'y avait aucune ombre au tableau, pourquoi il n'y avait pas de points noirs.

Oui, Oscar reste un être humain entier, avec ses qualités, mais aussi ses défauts, avec son passé et quelques vices cachés.

Mais cette sensation de sûreté et de sérénité, jusqu'ici, je ne l'avais jamais connue. C'était véritablement une première pour moi. Comme si mes autres relations n'avaient été que des échauffements et qu'à présent, je vivais la plus intense des performances. Un spectacle, une apothéose. Je respecterai toujours ces premières, mais je mise désormais tout sur cette dernière.

En soi, personne n'est parfait. Il suffit de trouver la personne qui l'est pour nous. Celle avec qui les points positifs fusionnent autant que les négatifs.

Une célèbre citation populaire énonce « dans la vie soit je gagne, soit j'apprends ».

Et s'il ne fallait pas aussi apprendre à gagner ?

Évidemment que les choses doivent se faire naturellement, et chacun possède sa propre notice. Mais à l'instar d'une maison, il faut aussi bâtir une solide relation.

Quand j'en discute avec Oscar, très généralement après une bonne session de natation m'ayant fortement détendue ou suite à quelques verres de vin me procurant le même effet, il en vient rapidement à la conclusion que je cogite trop.

Mais rappelez-vous : d'abord la tête, ensuite le cœur.

Et à l'heure actuelle, réflexions à outrance ou non, mon cœur est léger.

Il déborde d'amour pour cet être humain, mon être humain.
Tiens donc, pour définir ma personne, je réemploie le mot « être ».
Vous commencez à voir où je veux en venir?

Oui, en résumé, soyez. Dans votre meilleur alignement et votre plus belle honnêteté.

C'est lorsque l'on est parfaitement soi-même que la vie nous apporte les fruits de notre récolte. Récolte que nous obtenons indéniablement ensuite.

Qu'y a-t-il de plus beau que d'être aimé ? À mon humble avis, les quelqu'uns ou quelqu'unes qui n'aiment pas l'amour sont des personnes blessées. Tous ceux et celles qui ne croient pas en l'amour sont des personnes qui ont arrêté de correctement chercher.

Croyez-moi, lorsque l'on cherche de la bonne façon, on finit par trouver la meilleure des solutions.

Oscar est ma solution. Bien plus qu'un amoureux, il est mon partenaire de vie. À deux on va plus lentement certes, mais on va plus loin.

Tout est léger, et simple. La plus belle promesse en termes de relation ne serait-ce pas finalement cette simplicité ? Lorsque tout a été comme écrit d'avance, rédigé dans la langue la plus parfaite, pour que tout se passe le plus parfaitement possible ?

La nuit qui a suivi celle de notre première fois, je n'ai pas réussi à fermer les yeux. Lorsque l'on tombe amoureux, le conscient refuse de laisser place à l'inconscient. Le réel ne souhaite pas laisser la place au rêve, car le rêve est déjà là, dans la réalité. Je préférais profiter en pleine conscience de ses bras que de partir dans ceux de Morphée.

Tous les os de nos corps nous hurlaient encore silencieusement de nous unir. Par-delà sa respiration, je n'entendais que les pulsations de mon pouls, je n'entendais que les battements de mon cœur. Il ne fut alors plus question de réfléchir, mais bien uniquement de ressentir.

Avec lui, nous occupons notre quotidien de plaisirs simples. Un brunch au lit le dimanche midi, une balade sur la Corniche avec mes parents par jour de beau temps, des apéros avec nos amis le vendredi soir, des marathons Netflix pendant les jours de repos. Mais surtout des échanges, de la tendresse et des rires, de quoi nous confectionner le plus bel album à souvenirs. De la confiance, de la communication et de la complicité, les fameux miraculeux « 3 C ».

Dès le début c'était simplement évident. Lors de notre premier date, la soirée a débuté avec un tour en scooter sur le Vieux-Port, a continué avec un apéritif au Prado et en un claquement de doigts nous étions déjà le lendemain matin, morceaux de melon frais dans les mains, The Weeknd en note de fond et bisous dans le cou pour éveiller les notes de cœur.

Lorsque nous sommes partis en Argentine pour célébrer nos six mois de relation, nous nous sommes fait un tatouage en commun, un petit soleil sur la cheville. Lui sur la gauche, moi sur la droite. C'était mon premier tattoo, parce que c'était la première fois que je me sentais autant liée à quelqu'un.

Je vous vois venir, oui, peut-être que la vie finira par nous séparer. Peut-être qu'il ne représentera plus rien pour moi dans quelques années. Et même si j'ai du mal à l'envisager, peu importe, ce tatouage symbolisera toujours l'union de deux personnes qui se sont véritablement et profondément aimées, l'espace de quelque temps.

Vous savez, à la fin de notre séjour, je lui ai posé la question que je pose toujours dès que je pars quelque part « cite-moi la chose que tu as préférée et celle que tu as le moins aimée. » C'est là qu'il m'a répondu « ce que j'ai le moins aimé c'était le restaurant de mardi soir, j'ai trouvé que c'était un peu trop simple. Mais ce que j'ai préféré, c'est passer tout ce temps avec toi. »

Je pense qu'il n'y a pas plus belle déclaration, plus beau compliment. Le temps ne s'achète pas, ne se négocie pas, ne se rattrape pas. Il peut seulement se perdre, et pendant qu'il s'écoule, nous apporter certaines leçons, mais aussi de beaux moments.

Alors, quand une personne que vous aimez profondément vous répond que ce qu'iel préfère, c'est passer du temps avec vous, vous pouvez être sûrs que cet être humain vous aime également profondément.

***

Pour véritablement s'aimer, il ne faut jamais oublier l'équation suivante : 1 + 1 n'est pas égale à 2, mais à 3. Lui ou elle + je + la relation.

Ne pas s'oublier et considérer toujours l'autre comme une entité à part entière est à mon sens véritablement important.

Je considère Oscar en étant notamment très fière de lui. Je suis même sa plus grande fan. Tout ce qu'il fait m'intéresse, tout ce qu'il dit me passionne.

À travers diverses personnes proches, il est mon meilleur allié. À travers divers réseaux sociaux et multiples actualités, il demeure ma notification préférée. Que ce soit dans le monde virtuel ou dans la réalité, il est là, avec moi, à mes côtés. Il agit en pensant à mon bien, et sait trouver les mots quand, selon lui, je fais des erreurs ou possède des torts.

***

Très important également : Oscar connaît mes limites, mes non négociables. Et je connais aussi les siens.

En psychologie, les non négociables sont les moyens par lesquels nous communiquons nos besoins et/ou envies pour une relation saine et donc pérenne. Cela peut d'ailleurs s'appliquer à tous les types de relations, pas uniquement celles de nature amoureuse.

Par exemple, un de mes plus gros non négociables est ma liberté d'image. J'estime être suffisamment grande et mature pour savoir comment m'apprêter pour aller travailler, comment m'habiller pour aller en soirée, comment m'afficher sur les réseaux sociaux.

Quand je nage, je suis en maillot de bain.
Quand je fais du cerceau aérien, je suis en legging moulant et en brassière.
Quand je peins, j'aime porter des robes légères et fluides pour être à l'aise, ne me sentant pas étriquée, je me retrouve davantage inspirée.

C'est quelque chose que j'ai rapidement tenu à lui expliquer.

Non, je ne cherche pas à dévoiler mes fesses lorsque je sors de l'eau.

Non, je ne cherche pas à être sexy quand je fais du cerceau.

Non, je ne cherche pas à être plus attrayante que le tableau que je suis en train de peindre.

Je n'aurais jamais supporté qu'il me censure. Et devinez quoi ? Il ne comptait absolument pas le faire. Car Oscar a confiance en moi. Quand on tient véritablement à l'autre, on le laisse agir comme bon lui semble, tant que cela n'est pas dangereux pour elle ou lui. On sait au plus profond de nous que nous ne craignions rien, parce que l'autre non plus.

Si l'inverse se produit, nous tombons tout simplement dans une forme de contrôle. Et qui dit contrôle dans une relation dit une première forme de toxicité à absolument éviter.

Ce que j'aime tout particulièrement avec Oscar, c'est qu'il est un homme d'action et non de paroles.

Il me rend service sans que je le lui demande, car il a anticipé mes besoins.

Il est aux petits soins sans que de mon côté je laisse transparaître la moindre envie.

Il fonce, sûr de lui, et fait en sorte que tout se déroule toujours pour le mieux.

Alors que les paroles sont souvent éphémères, les actions, elles, sont durables. Elles scellent et ancrent des choses concrètes qui me rassurent, m'apaisent et me font dire que je peux légitimement croire et faire confiance à ce nouveau « nous » qui est arrivé finalement de nulle part pour sublimer ma vie.

***

Je sais que cela peut sembler niais, mais lorsque l'on vit ce genre de romance, on comprend.

On comprend pourquoi William Shakespeare a écrit Roméo et Juliette.
On comprend pourquoi James Cameron a réalisé et produit Titanic.
On comprend pourquoi beaucoup de chansons et de livres parlent d'amour.

L'amour est ce qui nous guide au quotidien. Et non pas forcément l'amour pour un être humain, mais bien l'amour sous toutes ces formes.

J'entends souvent que nous sommes tous guidés par deux choses : soit l'amour, soit la peur. Au plus profond de chacune de nos décisions et chacun de nos agissements, ce serait soit l'un soit l'autre qui tiendrait véritablement les rênes.

Alors s'il vous plaît, choisissez toujours l'amour. Et d'ailleurs, l'amour vous le rendra.

Moralité ?

Votre bonne personne ne viendra que rarement à vous par magie. Le destin provoque les choses, mais c'est à nous d'ensuite les gérer convenablement. En amour, il faut réussir à bien se cerner pour correctement se comprendre, et beaucoup de facteurs sont à prendre en compte si l'on veut une relation complète, belle et saine. Mais lorsque vous pensez avoir rencontré cette fameuse personne, ne lâchez rien. Ne vous changez pas, mais essayez de devenir votre plus belle version, car qui donne le meilleur reçoit le meilleur. Soyez entier et vrai, apportez à l'autre ce que vous savez engendrer de plus beau. Ne baissez pas les bras si des obstacles se présentent, franchissez-les. L'amour se construit à deux, lentement et sereinement. Ayez confiance en vous, vous dégagez quelque chose que l'autre saura recevoir en temps voulu.

Bien que cela n'ait pas toujours été le cas, maintenant que j'ai l'intime conviction d'avoir rencontré THE one, tout me semble plus simple et plus facile. Mon quotidien est bien plus beau et doux, car je le partage avec mon quelqu'un. J'ai toujours aimé être seule, mais être seuls à deux, c'est encore mieux.

Chapitre VI
Les piliers de la vie

Les gens qu'on aime, on ne les rencontre pas, voyons, on les reconnaît.

Anna Gavalda

Samedi soir, ou plutôt dimanche matin, 4 h 26

C'est la lune qui a éclairé mes pas du centre-ville jusque chez moi. L'air est doux en ce moment, le coriace mistral est aux abonnés absents. Dans mes oreilles retentissent les « paroles et paroles » de la somptueuse Dalida, une de mes artistes préférées. Iris, Maloé, Aurélie et moi avons décidé d'être nocturnes. Nous devions fêter le stage de fin d'études d'Iris, ce dernier s'étant merveilleusement bien passé. Nous avons rencontré Fannette, une nana super sympa qui était elle aussi stagiaire aux côtés d'Iris.

J'aime beaucoup dire que mes amies sont les piliers de ma vie. Mais il n'en a pas toujours été ainsi.

Comme je vous le disais plus tôt, mon ancienne peur du rejet m'a pendant longtemps éloigné du principe « la qualité prime sur la quantité ».

Quand j'étais au collège, j'avais une liste de toutes mes copines et je tenais à toujours vérifier, en moyenne une fois par semaine, qu'elles allaient bien. Mais cet intérêt ne reposait pas uniquement, je l'avoue, sur de la pure gentillesse. J'avais tout simplement peur d'en perdre certaine par éloignement, ou s'il se passait des choses que je me retrouvais à ignorer.

Puis j'ai grandi, et donc mûri. Maintenant je compte mes vraies amies sur les doigts des deux mains. Plus énormément de copines, et quelques précieuses amies.

Par le passé, j'avais tendance à me placer en position de sauveuse et à trop donner à des personnes qui, parfois, ne me le rendaient même pas. Aujourd'hui, je suis fièrement sortie de ce triangle dramatique.

***

En effet, d'après Stephen B. Karpman, médecin psychiatre, le triangle dit dramatique est un scénario psychologique nous offrant le choix entre trois situations inconfortables et évidemment, à fuir : être une victime, être un persécuteur et être un sauveur.

Le principal problème est que nous pouvons chacun jouer l'un de ces rôles selon le contexte, mais surtout que la tendance peut très vite s'inverser.

Exemple concret : en voulant trop aider une amie qui serait ici victime, nous nous plaçons en position de sauveur. Sauf que si cette amie ne reçoit pas correctement notre aide, nous devenons alors son persécuteur. Et si cette dernière se retrouve à protester, c'est alors nous qui devenons victime à notre tour.

Via ce jeu psychologique, il convient de retirer comme leçon que nous sommes tous responsables de nous-mêmes et que c'est à nous et nous seuls de savoir correctement exprimer ce que nous acceptons et refusons.

Mais surtout, le message qui me marque particulièrement est qu'il ne faut jamais trop dépendre de l'autre.

Posséder un entourage sain et aimant évite de tomber dans ce genre de situation. Il est tellement beau d'être entouré de personnes qui nous font nous sentir émotionnellement en sécurité. Ces personnes qui nous accueillent dans une zone de non-jugement, qui possèdent la maturité de cœur et d'esprit de nous élever sans rien attendre en retour.

Quand j'ai débuté mes études à Marseille, je ne connaissais que très peu de monde. Toutes mes copines du lycée ayant majoritairement quitté Aubagne pour la Côte d'Azur.

Quant à mes amies d'enfance, c'était aussi un peu foutu (pour moi, pas pour elles). Carline comptait bien rester à Antibes, ayant beaucoup de belles opportunités dans le monde de l'équitation, et Victoire partait fréquenter la dame de fer à la capitale, espérant devenir une grande maquilleuse qui interviendrait pendant les défilés de la Fashion Week.

Le premier jour des cours, j'ai pris la décision de forcer le destin en discutant beaucoup avec les autres étudiants. Puis des liens se sont noués. Maloé, Aurélie, Iris, Eva, Cassandra, Rose, Alba, Jennifer, Lou, mais aussi Noah, Sébastien, Aymerick et Mathis. Tous sont devenus la famille que je me suis créée.

***

Sarah Degny, l'écrivaine de *l'indélicatesse des mots* a écrit que nos amis, les vrais, nos valeurs sûres pourraient être nommés « les fiables » de par leur extrême loyauté.

La loyauté, par définition, est la « fidélité de quelqu'un à l'égard de quelqu'un ou quelque chose, qui se manifeste par le respect d'engagements, de règles et d'honneur. »

Pour moi, la loyauté est une merveilleuse qualité, car elle signifie aussi honnêteté, fidélité, confiance, sérénité et paix. Et je tiens vraiment à garder cette qualité près de moi tout au long de ma vie.

Je pense que cela provient de ma blessure de l'âme, car j'ai toujours été profondément écœurée par la trahison.

Car oui, d'après cette fois-ci, l'auteure Lise Bourbeau, il existerait en effet cinq blessures qui nous empêcheraient d'être pleinement nous-mêmes : le rejet, l'abandon, l'humiliation, la trahison et l'injustice. Celles-ci seraient à l'origine de tous nos maux, que ceux-ci soient physiques, mentaux ou émotionnels.

Je n'ai plus aucune crainte envers le rejet, car à mon sens, c'est le propre des êtres humains d'appartenir à un groupe et d'être donc logiquement rejeté par un autre. Cela se démontre notamment lors de conflits familiaux, lorsque nous nous confectionnons un groupe d'amis, ou encore quand dans notre milieu professionnel, nous possédons toujours quelques collègues favoris.

Je n'ai aucune crainte envers l'abandon, car je n'ai pas spécialement peur de me retrouver seule, du moins dans le cas où cette solitude serait causée par autrui.

Je n'ai aucune crainte de l'humiliation, car sans prétention aucune, je sais ce que je vaux, et tous les goûts sont dans la nature. On peut énormément plaire à notre boulanger de quartier, et être profondément haï par notre facteur.

Je n'ai aucune crainte de l'injustice, car j'ai tout simplement appris à l'accepter. Mon cousin César, seulement quelques jours après avoir débuté sa première année de fac de droit, m'avait d'ailleurs briefé à ce sujet. L'injustice est et sera toujours partout. Le droit n'est pas la justice. Et d'ailleurs, l'injustice est subjective, car elle n'est pas la même aux yeux de tous.

En revanche, je crains plus que tout la trahison. Je ne la conçois tout simplement pas. Je ne comprends pas comment x, y ou z peut trahir a, b ou c. Mais ça, j'en ai précédemment déjà parlé.

Je trouve finalement que ces blessures nous font davantage être nous-mêmes dans la mesure où elles aboutissent sur des qualités, des valeurs et des mentalités pleines d'espoir et de positivité.

***

En mai dernier, pour le pont de l'ascension, Iris, Aurélie, Noah, Mathis et moi, nous nous sommes accordé un joli séjour en Ardèche. Aurélie ayant travaillé quelques étés là-bas en tant qu'animatrice dans un centre de loisirs, nous avions en effet très envie de prendre l'air, de voir de la verdure, de se baigner dans les gorges, de côtoyer la nature.

Maloé n'ayant pas pu se joindre à nous, car elle rendait visite à sa grande sœur à Lille, Aymerick et Sébastien ayant tous deux des tournois de tennis, c'est tous les cinq que nous prenions la route ce jeudi 18 mai.

Le samedi soir, après avoir visité la sublime Grotte de Chauvet, nous décidâmes de nous arrêter dîner à Vallon-Pont-d'Arc. En attendant notre bombine, spécialité culinaire ardéchoise à base de pommes de terre parfumées au laurier, je m'excusai auprès de mes fiables et pris quelques minutes pour appeler Oscar en FaceTime.

Après douze minutes précisément de conversation, apercevant d'où je me situais que le plat n'avait toujours pas été servi à notre table, je me suis autorisée à faire une pause.

Une pause pour analyser, contempler et ressentir.

J'étais parfaitement bien.

L'air était doux. La température agréable. Le ciel nous présentait quelques étoiles. Les lampions et guirlandes accrochés aux tentures des restaurants de la place principale nous offraient une ambiance des plus chaleureuse et conviviale. Mes amis étaient heureux, pétillants, pleins de joie de vivre. Oscar m'avait murmuré quelques mots d'amour. Dans ma robe noire à fines bretelles, je me trouvais apprêtée et me sentais coquette. Le petit bulldog français qui côtoyait déjà le pays des songes, couché entre les jambes de son maître dans un bar non loin de là, émettait calme et sérénité. Le bruit des grillons annonçait un bel été.

La nuit allait nous appartenir. Mais pour l'instant, c'était ce moment qui n'appartenait qu'à moi.

Aucune ombre n'était présente sur mon tableau. Aucune tache de craie venait apporter la moindre once de négativité. Mon ardoise n'était que couleurs et beauté. Une œuvre d'art.

Parfois, certaines occasions se présentent à nous et nous rendent foncièrement heureux.

On se sent alors rempli d'une tout autre énergie. Notre corps est aérien, enveloppé d'une aisance rassurante, voire réconfortante. Notre cœur bat plus fort qu'à l'accoutumée, car il vibre avec ce qui nous entoure. Une parfaite résonance. Une incroyable unité.

Quand tout n'est que dualité, ne faire qu'un avec notre environnement à un moment précis est une sensation magique.

Finalement, c'est peut-être ça la magie. Des amis en or, un endroit apaisant, une ambiance chaleureuse, un programme attrayant, une paix émotionnelle dont tout le monde rêve en permanence.

Je me souviens encore de ce moment comme si c'était hier tant il m'a joliment marqué.

Et je pense qu'il est dans notre intérêt d'ailleurs de s'en rendre compte. Les jolies marques de la vie sont des points gagnants. Un joli point vert. Un point qui en vaut, au final, mille.

J'espère qu'au moment où je vous confie cela, vous aussi vous repensez à ce dernier instant brillant qui a enchanté votre quotidien. Oui, ces moments sont bien trop précieux pour être sous-estimé ou laissé de côté.

— Tout va bien Léo ? Nos assiettes sont là, me coupe Iris de ma rêverie.

— Oui, mon chat, incroyablement bien. J'arrive.

Le reste de notre séjour fut absolument génial.

Au plus profond de moi, je sentais que ce n'était que pur bonheur de partager tout cela avec mes coéquipiers de vie.

Lorsque l'on sent quelque chose, que l'on a une certaine intuition sur des personnes ou des faits, il faut l'écouter.

Je sais que beaucoup n'y croient pas, mais je vous assure que l'intuition est une baguette magique qu'il est bon d'avoir constamment dans sa caisse à outils.

L'intuition, c'est cette petite voix intérieure qui vous guidera toujours.

Bien qu'elle fasse encore débat auprès des scientifiques, mais aussi des plus sceptiques, l'intuition émane de nous. Et en ce qui nous concerne, il n'y a bien que nous qui pouvons finalement avoir raison, non ?

***

Et puis évidemment, il y a les proches que l'on ne choisit pas, la famille.

Les rapports peuvent parfois être compliqués avec ces derniers. À la grande loterie de notre existence, il vaut mieux à la naissance tirer le numéro gagnant.

On ne naît pas tous dans une famille rassurante, soutenante et aimante.

Mais personnellement, je ne suis pas très bien placée pour parler de conflits familiaux. J'ai une famille assez petite, dont la moitié vit à Limerick, dans la partie sud de l'Irlande. Nous allons généralement leur rendre visite une fois par an, au début du printemps, pour fêter la St-Patrick.

Le reste du temps, je suis principalement avec mes parents Luke et Valérie, ma sœur Bertille, mon beau-frère Alan, mon oncle et ma tante James et Andréa, mon cousin César, ainsi que mes grands-parents Francine et Robert, les seuls résidant en France.

Je n'ai pas forcément eu une adolescence difficile. J'ai fait quelques bêtises, il est vrai, comme la fois où je me suis baignée à moitié nue dans la calanque de Sormiou (ironique me direz-vous pour la femme réservée que je suis), alors que la baignade était interdite à cause du mauvais temps. Ou encore lorsque j'ai bêtement boudé Bertille pendant deux semaines, car elle n'avait pas voulu venir passer le week-end chez moi, trop occupée à flirter avec Alan, qui était à l'époque son petit copain depuis peu. C'était finalement plus ridicule qu'autre chose.

Oui, je pense pouvoir admettre que j'ai reçu un bon accompagnement et une bonne éducation. Car l'éducation est la base de tout, elle façonne notre personnalité en nous octroyant nos valeurs fondamentales.

Chez les Brennan, chez moi, c'est avant tout le respect, l'écoute, la fidélité, le partage. Et le soutien, un soutien indéfectible.

Nous sommes toujours très solidaires et dans la compréhension. Il nous arrive de péter des petits plombs, mais jamais rien de bien méchant.

En ayant eu l'immense chance de tomber dans cette famille, je me sens soutenue quoi qu'il se passe, et je sais que je peux compter sur eux.

On dit que nous sommes le parfait mélange des cinq personnes que nous côtoyons le plus. Pour ma part, si je fais un panachage entre Oscar, ma famille citée juste ici ou mes meilleures amies Maloé, Carline, Victoire, Iris et Aurélie, je suis par définition une chouette nana de bientôt 29 ans. Et j'en suis très fière.

J'espère de tout cœur que vous pouvez en dire autant de votre côté.

***

Chaque jour, si j'arrive à y penser, j'aime beaucoup me rendre compte de la chance que j'ai d'avoir toutes ces belles personnes à mes côtés.

L’être humain est par nature fait pour vivre en groupe. À la Préhistoire, celui ou celle qui était seul se retrouvait chassé du clan et finissait souvent par en mourir, dans l’impossibilité de subvenir à ses propres besoins.

D’après la célèbre pyramide de Maslow, le besoin d’appartenance fait d’ailleurs parti des cinq nécessités pour tout être humain (aux côtés des besoins physiologiques, de sécurité, d’estime et d’accomplissement).

Par nature, nous devons donc être entourés. Et comme nous ne pouvons pas toutes et tous nous entendre et créer de vrais liens, il faut rester ouvert à toute rencontre. Nous ne sommes jamais à l’abri d’une mauvaise surprise certes, mais aussi et surtout d’une bonne.

Quotidiennement, vous sentez-vous plus touchés par les personnes avec qui un rapport amoureux ou amical n’a pas pu s’établir ? Ou par celles qui sont toujours auprès de vous, vous apportant joie, paix et amour ?

Personne n’arrive à voyager sur sa propre route sans coéquipier. Tout le monde a besoin d’aide, d’appui ou d’accompagnement. Et chaque personne que vous rencontrez vous apporte forcément quelque chose.

Partant de ce constat, il paraît alors évident que nous avons toutes et tous besoin de nos piliers, sélectionnés parfois lentement, méticuleusement et patiemment, mais sélectionnés quand même.

Moralité ?

Rien n’est plus élévateur et prometteur qu’un entourage sain, honnête, fidèle et solidaire. Cela peut être une équipe de deux, cinq, dix, vingt ou même cinquante personnes, mais le but est de rester justement une belle équipe. Chaque personne sera à son tour le capitaine, permettant et promettant une certaine égalité et non un rapport de force entre chacun et chacune. Que vous soyez introverti ou plutôt extraverti, facilement ouvert à autrui ou non, à l'aise dans la communication ou plutôt de nature timide, notre monde est si vaste qu'il y a forcément quelque part des individus qui viendront naturellement dans votre cercle. Ne forcez rien, laissez les choses et donc les autres venir d'eux-mêmes. On peut parfaitement être bien seul, mais il est bon de pouvoir compter sur d'autres.

Après avoir eu beaucoup de déceptions comme je vous le disais plus tôt, j'envisage autrui différemment. J'ai conscience qu'il peut m'apporter autant qu'il peut me prendre. Alors j'attends tranquillement de connaître vraiment l'autre, d'appréhender ses besoins, ses valeurs et sa façon d'être. Exactement comme dans les relations amoureuses, l'amitié en étant finalement sa plus proche voisine. J'ai conscience que parfois les chemins se séparent, mais en faisant un petit peu de place, cela nous donne l'opportunité de convier et de faire entrer d'autres belles personnes à la prochaine intersection de notre vie.

Chapitre VII
Les jours gris et les jours dorés

Sois heureux un instant. Cet instant c'est ta vie.

Omar Khayyâm

Dimanche, 17 h 58

Je viens de raccrocher avec mon papa adorablement bavard.

Je suis confortablement installée sur mon canapé, attendant qu'Oscar rentre de son match de foot se déroulant à l'autre bout de Marseille, ma petite chatte cracotte lovée contre moi, un énième épisode de Peaky Blinders, ma série préférée (oui je l'avoue, très probablement parce que le personnage principal est incarné par Cillian Murphy, un bel irlandais) en fond sonore. Dans une heure j'ai un petit apéro FaceTime de prévu avec Alba, Eva, Cassandra et Rose. En attendant, je me décide à programmer ma semaine à venir.

Pour certaines personnes, je suis purement et uniquement une maniaque du contrôle. Pour d'autres, je suis tout simplement prévoyante et organisée.

Il est vrai que ma philosophie de vie c'est un peu « qui prévoit quelque chose prévoit aussi le fait d'y arriver. »

J'ai toujours vu ma mère tout noter. Mon père tout catégorisé. Ma sœur tout ranger. Cela doit donc être aussi de famille.

J'aime organiser ma semaine à venir, mon planning de travail, mes séances de sport, mes moments off (et ce que je compte faire pendant ces derniers), mes rendez-vous autres. Cela me permet d'avoir une vision plus claire. Et mine de rien, grâce à cela, je suis rarement en retard, rarement perdue, et tout est très souvent réalisé en temps et en heure. Et c'est ce que j'aime. Sûrement un peu parce qu'avec cette façon de faire, je sais que je ne décevrais jamais les gens qui comptent sur moi. Et sûrement beaucoup parce que j'aime cette sensation de pleine productivité. Une vraie Vierge, oui, je sais.

C'est alors que j'aperçois sur mon planning que je ne suis en vacances que dans trois semaines. Oups, dans ma tête c'était dans deux.

Ne vous êtes-vous jamais réveillé le matin en comptant les jours ? Jusqu'au week-end ? Jusqu'aux vacances ? Jusqu'au prochain voyage ? Jusqu'au prochain événement amoureux, familial ou amical ?

Nous pourrions voir cela comme une fatalité, attendre encore et toujours que le temps passe et que celui-ci nous conduise à des événements plus heureux et plus excitants, comparé à notre quotidien redondant.

Tout comme notre corps, notre cerveau a parfois besoin d'entraînement.

S'entraîner à reconnaître les choses simples, belles.
S'entraîner à reconnaître les choses acquises, rassurantes.
S'entraîner à reconnaître les choses habituelles, réconfortantes.

Bien plus qu'un entraînement, c'est une discipline, un mode de vie dans lequel il faut trouver son équilibre.

Cet équilibre, j'en ai pris conscience année après année. Quand nous partions au ski au Grand Puy avec mes parents une semaine en février, je me surprenais sur mon petit téléski à désirer être dans mes belles calanques marseillaises. Mais l'été, une fois installée sur ma fouta, elle-même posée sur le sable doré, j'avais envie de skier.

Quand je m'accorde des vacances, je veux travailler.
Et quand je travaille, je veux être en vacances.
Sommes-nous conçus pour être éternellement insatisfaits ?

Non, à mon humble avis, nous manquons très souvent d'une chose pourtant simple, mais essentielle : la reconnaissance. Et reconnaître notamment qu'un équilibre est toujours nécessaire. Et oui, encore ce fameux équilibre.

Pour cette notion-ci, comme je l'ai vaguement mentionné auparavant, j'aime beaucoup illustrer l'équilibre avec un système de points, comme dans les jeux.

Les jours avec, ceux où tout va bien, où nous sommes en pleine forme physique et heureux sur le plan mental et émotionnel, nous gagnons des points de vie. Ces points de vie viennent ensuite nous soutenir pendant les jours sans, ceux où nous ne sommes pas bien, où nous enchaînons les galères, où nous nous laissons submerger par nos émotions dites négatives : la peur, la tristesse ou la colère.

En soi, aucune émotion « négative » n'est profondément mauvaise puisqu'elle nous permet de ressentir et de constater. Faire le point sur ce qui ne va pas pour faire en sorte d'aller mieux. Ouvrir les yeux aussi sur un problème pour en trouver la solution.

Gérer vos émotions vous permettra toujours de mieux gérer les situations.

Dans ces moments de vie là, si on a l'aide de nos points de vie, le retour au mieux peut-être plus facile et/ou plus rapide.

Par exemple, repenser à son dernier exploit sportif lorsque l'on se sent fatigué et donc conscientiser le fait que notre corps est capable de beaucoup. Ou encore, regarder de belles photos lorsque quelqu'un nous manque pour se rendre compte finalement que sans ces jours gris, les dorés eux aussi deviendraient bien plus fades.

Or, il est aisé d'admettre que personne ne veut d'une vie et d'un quotidien fade.

Acceptons la palette de couleur entière. Si l'on veut éviter le gris, il faut en effet dealer et jongler avec le blanc étincelant, mais également avec le noir, même lorsqu'il est très obscur. Il faut dealer avec toutes les autres couleurs d'ailleurs.

Je préfère les soleils aux nuages certes, mais j'aime encore plus les beaux arcs-en-ciel.

Vous pouvez aussi toujours voir les choses sous un angle différent. « It's good for the plot » comme le dirait le dicton. Vous vous cassez le bras ? Oui vous souffrez, mais essayez peut-être d'entamer une discussion avec quelqu'un dans la salle d'attente des urgences ? Quelqu'un qui pourrait ainsi vous apprendre quelque chose de nouveau. Votre rendez-vous galant vous a planté ? Moment idéal pour un rendez-vous avez vous-même, pour se retrouver et se recentrer. Vous venez d'être licencié ? C'est parti pour partir à la quête d'un nouveau job et donc vivre une nouvelle aventure, peuplée également de nouvelles futures rencontres ! J'ai conscience que dans les faits, c'est bien plus compliqué que cela. Mais retenez bien que vous seul avez la possibilité de changer cet état dans lequel vous vous retrouvez.

Vous seul détenez le pouvoir d'inverser la tendance, pour votre bien-être personnel, mais aussi pour ce que vous dégagerez ensuite au reste du monde.

Apprenons également à aimer les nuances.

Quand je nage en eaux libres, je suis dans mon élément, et je me surprends à apprécier les courants parfois très froids que la Méditerranée vient déposer sur moi. Lorsque je peins, je me laisse guider par mon instinct, parfois les tons sont vifs et solaires, parfois ils sont plus ternes et froids.

C'est tout simplement cela la vie. Une palette de couleur qui vient équilibrer notre quotidien, des couleurs qui, une fois additionnées et mélangées, en créent une toute nouvelle, à part, unique.

***

L'ancrage positif est également, à mon sens, indispensable.

Car le bonheur est partout, tout le temps.

Cela peut être un petit papi qui nous remercie vivement à la caisse du supermarché pour l'avoir laissé passer, un podcast inspirant et motivant de bon matin, un gentil chien qui vient nous faire une papouille lorsqu'on le croise en ville, un conducteur qui nous fait le signe peace au volant suite à une priorité de passage qu'on lui a bien accordé, une gourmandise pour le goûter, une jolie invitation qui tombe pile pour le prochain week-end où vous pensiez vous ennuyer, vous blottir contre votre doudou, chanter dans la voiture, un match parfait sur une application de rencontre, le sourire d'un bébé, l'odeur d'un croissant chaud, un couple amoureux, une séance de sport où l'on s'est dépassé, un message affectueux qui nous met de bonne humeur dès le matin, un enfant qui nous fait un petit coucou lorsque l'on passe devant un parc de jeux, une petite brise légère en été, le ronronnement de notre chat qui vient nous réveiller, une tasse de thé chaud pendant un jour de pluie, un bon livre, une session shopping entre copines, une bière avec des potes un lundi soir, la réussite d'une nouvelle recette de cuisine, les premières lueurs du jour, l'odeur du goudron mouillé par la pluie d'un orage en plein été, le chant des oiseaux, le bruit des vagues, un selfie où l'on se trouve joli, une bonne note surprise à un examen, une séance de yoga en pleine nature, une promotion, un spa en amoureux, le « ploc » du bouchon d'une bouteille de champagne que l'on ouvre, une nouvelle super série sur Netflix…

Nos quotidiens sont remplis de ces moments à la fois tendres et forts. Ne l'oubliez jamais.

Apprenez à lâcher prise. À ne plus ressasser ce qu'il s'est passé la veille, à ne pas angoisser pour ce qu'il se passera le lendemain. Concentrez-vous sur l'instant présent, il a énormément à vous apporter.

Et si vous vous sentez bloqué dans une situation que vous ne pouvez changer, alors changez votre état d'esprit face à cette situation.

Notion nous venant tout droit de la PNL (programmation neurolinguistique), l'ancrage positif s'inscrit dans une procédure d'apprentissage issue des théories comportementalistes. Il consiste en effet à associer une émotion positive ou plutôt un état émotionnel positif à une action physique précise. Une fois cette action solidement liée à cette émotion, il suffit de refaire l'action pour ressentir l'émotion.

En d'autres termes, nous conditionnons notre cerveau pour que celui-ci envoie des stimuli positifs qui se transformeront en pensées positives.

Lorsque l'on parvient à réaliser cette technique, nous pouvons parler d'auto-ancrage.

L'ancrage, pouvant être synonyme d'attache, va ensuite venir enraciner notre façon de penser. Celle-ci ne sera ensuite qu'un coup de pouce quotidien, une façon d'aller bien.

Pensez de temps en temps à ancrer de belles choses en vous. À vous rajouter encore et encore des points gagnants. Quand on pense positif, on attire positif.

En effet, d'après la loi de l'attraction cette fois-ci, on peut réussir à orienter sa vie dans le bon sens en le provoquant nous-mêmes. La loi de l'attraction est une loi universelle qui relie la conscience au résultat. En d'autres termes, cela consiste à croire qu'il y a un lien direct entre nos pensées et la réalité : ce sur quoi vous choisissez de vous concentrer finit par devenir réalité (dans la mesure du possible et du raisonnable, soyons d'accord).

Moralité ?

La vie n'est qu'une immense balance naturelle. Tout est question d'équilibre. Soyez tout de même reconnaissant envers les jours gris, car sans eux, peut-être que vous n'apprécierez pas autant ceux dorés. Pensez toujours à ce caractère dialectique, du noir, mais aussi du blanc, du bon et du moins bon, des hauts et des bas. Ayez également de la gratitude pour les jours dorés, ceux qui apportent les jolis points de vie, même s'ils se font parfois rares, ils n'en demeurent pas moins précieux.

J'ai compris avec le temps que reconnaître cet équilibre naturel était une forme de sagesse couplée à une belle résolution. Nous n'avons pas la main mise sur tout, alors autant décider de comment nous pouvons y faire face.

Clap de fin
Le futur n'est qu'un cadeau

L'avenir dépend de nos désirs.

Moulanier Teddy

Je souhaite à quiconque me lira de rêver grand, loin et beau.

La vie n'est finalement qu'un jeu, et bien qu'il soit vrai que nous ne possédons pas tous les mêmes cartes au début de la partie, nous sommes en revanche tous capables de les re distribuer pour ne jamais se sentir perdant, et aussi de tout simplement convenablement jouer avec.

Continuez d'avancer à votre rythme, ne vous comparez pas et sachez vous mettre à la place des autres sans pour autant les laisser dépasser vos propres limites.

Imposez-vous avec gentillesse et élégance, et non avec force et fourberie.

N'enviez pas les autres. Ne soyez pas influencé, mais inspiré. Soyez gentils, mais protégez-vous. En langue des signes, pour dire le mot « méchant », on pointe le doigt devant soi. Comme une accusation, comme un « tu as mal fait, tu as mal agi ». Lorsque l'on est gentil, c'est le contraire. On attire à soi, on éprouve, on ressent. Et donc, on gagne. La gentillesse sera toujours la grande gagnante.

Armez-vous grâce à ce que la vie a pu vous apporter jusqu'ici, mais ne regardez pas en arrière, car si vous restez dans le passé, votre futur n'aura pas sa place dans votre présent.

Restez toujours optimistes, mais ne niez pas vos problèmes, les résoudre apportera aussi une plus-value à votre vie.

Ne vivez pas selon la perception et les pensées des autres. Existez dans votre entièreté et vibrez haut au maximum.

Si quelque chose de profondément triste, énervant ou même injuste vous arrive, il est possible que cela ne soit pas de votre faute. En revanche, c'est votre responsabilité d'y réagir au mieux.

L'erreur étant humaine, ne blâmez pas. Essayez plutôt de comprendre.

Si une porte se dresse devant vous, ne faites pas demi-tour, mettez un grand coup de pied dedans.

Soyez reconnaissant envers vos choix, et ayez de la gratitude pour votre parcours, peu importe quels obstacles sont venus bloquer votre chemin, n'oubliez jamais que même les plus grandes malchances peuvent vous rendre finalement chanceux.

Ayez des rêves atteignables, mais surtout la motivation et la discipline pour faire en sorte de les exaucer.

Choisissez correctement votre entourage, ils sont les piliers de votre palais personnel, et personne ne voudrait que celui-ci s'effondre à cause d'autrui. Et tâchez de toujours vous rappeler qu'on ne vous aime pas pour ce que vous avez, ni pour ce que vous faites avec ce que vous avez, mais bien pour ce que vous êtes.

Vivez avec passion, curiosité et audace, allez là où vous avez vraiment envie d'aller.

Si vous le pouvez, voyagez, bougez. Partez découvrir tout ce que le monde a à vous offrir, à vous apprendre et à vous apporter.

Prenez soin de vous, de votre esprit, de votre corps et de votre âme. Ce sont les trois compagnons que vous garderez près de vous jusqu'à la fin de votre vie.

Et lorsque vous traversez une période plus nuageuse, voire orageuse, rappelez-vous que le soleil et les étoiles ne sont qu'un peu plus loin, attendant le bon moment pour venir à vous.

Rappelez-vous que quoi qu'il se passe, avec courage, force, résilience et sagesse, tout ira bien.

Références de psychologie positive, de programmation neurolinguistique et de développement personnel si bon vous semble de faire plus de recherches à leurs sujets

– L'exercice de l'Ikigaï ;
– La légende du petit Colibri ;
– Les cinq langages de l'amour de Gary Chapman ;
– Les quatre types d'attachement de John Bowlby ;
– Les 4 accords toltèques de Don Miguel Ruiz ;
– Présupposé de PNL : la carte n'est pas le territoire ;
– Les non négociables ;
– Le triangle dramatique de Stephen Karpman ;
– Les cinq blessures qui empêchent d'être soi-même de Lise Bourbeau ;
– La gestion des émotions ;
– La pyramide des besoins de Maslow ;
– Principe de PNL : l'ancrage positif ;
– La loi de l'attraction ;
– L'exercice de la gratitude.

Remerciements

Au risque de paraître on ne peut plus ordinaire, je tiens d'abord à remercier toute ma famille dont mes parents Christine et Nicolas ainsi que ma petite sœur Juliette, qui m'ont transmis et me transmettent encore aujourd'hui de très belles valeurs et qui, peu importe mes choix de vie, m'ont toujours soutenu et ont toujours cru en moi.

Je tiens également à remercier mes copines d'écriture Camille Marques et Eloïse Grillon qui, en publiant leurs premiers livres au moment où j'hésitais à me lancer à mon tour dans une aventure littéraire de la sorte, m'ont indirectement inspirée et motivée à sauter le pas.

Et en parlant d'auteure merveilleuse que j'ai la chance de compter dans mon entourage proche, je souhaite faire une mention spéciale à mon amie Marie Thomas, Iris dans ce livre, qui a su parfaitement me conseiller et m'aiguiller pendant tout mon processus de publication en ayant gentiment répondu à mes nombreuses questions.

Je remercie du fond du cœur ma fidèle amie Isaure Ghendrih-Feillant, qui est tout simplement ma Maloé, ma coéquipière de vie. Je pense que je n'ai pas besoin d'en dire plus quant à son fabuleux sujet. Merci aussi à tous mes autres amis proches qui, j'en suis sûre, sauront se reconnaître, pour enjoliver mes journées et toujours ensoleiller celles assombries par la vie.

Concernant d'où m'est venue l'inspiration pour le chapitre « les battements de mon cœur », je tiens à garder cela dans mon jardin secret, mais je vous souhaite à toutes et à tous de rencontrer un jour un être humain qui vous éblouira grâce à sa bienveillance rare et sa grande douceur.

Un grand merci bien évidemment à ma maison d'édition, Le Lys Bleu Éditions, et à toutes ces belles personnes avec qui j'ai la chance de collaborer, qui m'ont aidé à faire naître ce projet et finalement à réaliser un de mes plus grands rêves : publier mon propre livre.

Et enfin, je remercie la vie, et surtout toutes les leçons qu'elle nous apprend au quotidien, dans le but, j'en suis intimement persuadée, de faire de nous de meilleurs êtres humains.

Merci à vous aussi, de m'avoir lue jusqu'ici !

Imprimé en Allemagne
Achevé d'imprimer en janvier 2024
Dépôt légal : janvier 2024

Pour

Le Lys Bleu Éditions
40, rue du Louvre
75001 Paris